LA VIE EST UN ROMAN

De roman en roman, Guillaume Musso a noué un lien unique avec les lecteurs. Né en 1974 à Antibes, il a commencé à écrire pendant ses études et n'a plus jamais cessé. En 2004, la parution de *Et Après...* consacre sa rencontre avec le public. Suivront notamment *La Fille de papier*, *Central Park*, *Un appartement à Paris, La Jeune Fille et la Nuit*, *La vie secrète des écrivains...* Traduits en quarante-quatre langues, plusieurs fois adaptés au cinéma, tous ses livres ont connu un immense succès en France et dans le monde.

Paru au Livre de Poche :

La Jeune Fille et la Nuit
La vie secrète des écrivains

GUILLAUME MUSSO

La vie est un roman

ROMAN

CALMANN-LÉVY

ISBN : 978-2-253-26277-0 – 1re publication LGF

À Nathan

Samedi 3 juin, 10 h 30 du matin

Trac fou. Je voudrais commencer un roman cet après-midi. Je m'y prépare depuis deux semaines. Les dix derniers jours, j'ai vécu avec mes personnages, dans leur ambiance. Je viens de tailler mes quatre douzaines de crayons neufs et ma main tremblait tellement que j'ai pris un demi-comprimé de Belladénal. Réussirai-je ? [...] Pour le moment, j'ai la frousse et je suis tenté, comme toujours, de remettre à plus tard, sinon de ne plus écrire du tout.

Georges SIMENON,
Quand j'étais vieux

La romancière galloise Flora Conway lauréate du prix Franz Kafka

AFP, 20 octobre 2009

La très discrète romancière de trente-neuf ans s'est vu décerner la prestigieuse récompense saluant chaque année un auteur pour l'ensemble de son œuvre.

Atteinte de phobie sociale, détestant ouvertement la foule, les voyages et les journalistes, Flora Conway n'avait pas fait le déplacement à Prague ce mardi soir pour assister à la cérémonie qui s'est tenue dans les salons de l'hôtel de ville.

C'est son éditrice Fantine de Vilatte qui s'est chargée de recevoir son trophée, une statuette en bronze à l'effigie de Franz Kafka assortie d'une récompense de 10 000 dollars. « Je viens d'avoir Flora au téléphone. Elle vous remercie chaleureusement. Ce prix lui

fait particulièrement plaisir, tant l'œuvre de Kafka est pour elle une intarissable source d'admiration, de réflexion et d'inspiration », a assuré Mme de Vilatte.
Ce prix, remis par la Franz Kafka Society en collaboration avec la municipalité de Prague, est décerné depuis 2001 par un jury international. Parmi les lauréats figurent Philip Roth, Václav Havel, Peter Handke, ou encore Haruki Murakami.
Paru en 2004, son ambitieux premier roman, *La Fille dans le Labyrinthe*, l'a propulsée sur les devants de la scène littéraire. Traduite dans plus de vingt pays et saluée par la critique comme un classique instantané, l'œuvre met en scène la trajectoire de plusieurs New-Yorkais le jour précédant les attentats du World Trade Center. Tous se croisent au Labyrinthe, un bar du Bowery dans lequel Flora Conway a elle-même été serveuse avant de publier son roman. Ont suivi deux autres titres, *L'Équilibre de Nash* et *La Fin des sentiments*, qui l'ont imposée comme une romancière majeure du début du XXIe siècle.
Dans son discours de remerciement, Fantine de Vilatte s'est d'ailleurs réjouie de pouvoir annoncer la sortie prochaine d'un nouveau roman. Cette révélation

s'est répandue comme une traînée de poudre dans le monde de la littérature, tant la parution d'un Conway constitue un événement.
Une aura qui reste nimbée d'un certain mystère. Sans masquer son identité, Flora Conway n'est jamais apparue à la télévision, n'a jamais participé à une émission de radio, et sa maison d'édition diffuse toujours la seule et même photo d'elle.
Pour chaque sortie de livre, la romancière se contente de donner au compte-gouttes quelques interviews par courriel. Mme Conway a plusieurs fois déclaré vouloir s'affranchir des contraintes et de l'hypocrisie liées à la notoriété. Dans les colonnes du *Guardian*, elle expliquait récemment refuser de prendre part à un cirque médiatique qu'elle exècre, ajoutant que c'était justement « pour fuir ce monde saturé d'écrans, mais vide d'intelligence » qu'elle écrivait des romans.
Une résolution qui s'inscrit dans la trajectoire d'autres artistes contemporains comme Banksy, Invader, le groupe Daft Punk ou encore la romancière italienne Elena Ferrante, pour qui l'anonymat est un moyen de mettre l'œuvre et non l'artiste sur le devant de la scène. « Une fois

publié, mon livre se suffit à lui-même », a ainsi affirmé Flora Conway.
Sans doute certains observateurs espéraient-ils que l'obtention du prix Kafka inciterait l'écrivaine à sortir de sa tanière new-yorkaise. Ils en auront hélas, cette fois encore, été pour leurs frais.

Blandine Samson

LA FILLE DANS LE LABYRINTHE

LANCASTER

1

Cachée

L'histoire qui se déroule sous notre nez devrait être la plus nette, et c'est pourtant la plus trouble.

Julian BARNES

1.

Brooklyn, automne 2010

Il y a six mois, le 12 avril 2010, ma fille de trois ans, Carrie Conway, m'a été enlevée alors que nous jouions toutes les deux à cache-cache dans mon appartement de Williamsburg.

C'était un bel après-midi, clair et ensoleillé, comme New York en offre beaucoup au printemps. Fidèle à mes habitudes, j'étais allée à pied chercher Carrie à son école, la Montessori School de McCarren Park. Sur le chemin du retour, nous nous étions arrêtées chez Marcello's pour acheter une compote et un cannolo au citron que Carrie avait dévorés tout en gambadant gaiement à côté de sa poussette.

À notre arrivée chez nous, dans le lobby du Lancaster Building, au numéro 396 de Berry Street, notre nouveau gardien, Trevor Fuller Jones – il avait été embauché moins de trois semaines auparavant –, a donné à Carrie une sucette au miel et au sésame en lui faisant promettre de ne pas la manger tout de suite. Puis il lui a dit combien elle était chanceuse d'avoir une maman romancière, car elle devait lui raconter de belles histoires le soir dans son lit. Je lui ai fait remarquer en riant que, pour dire une chose pareille, il n'avait dû ouvrir aucun de mes romans, ce dont il a convenu. « C'est vrai, je n'ai pas le temps de lire, madame Conway », m'a-t-il affirmé. « Vous ne prenez pas le temps de lire, Trevor, ce n'est pas pareil », lui ai-je répondu alors que les portes de l'ascenseur se refermaient.

Selon notre rituel bien établi, j'ai soulevé Carrie pour qu'elle puisse appuyer sur le bouton du sixième étage, le dernier. La cabine s'est mise en branle dans un grincement métallique qui, depuis le temps, ne nous effrayait plus ni l'une ni l'autre. Le Lancaster est un vieil immeuble en fonte en cours de rénovation. Un improbable palais aux larges fenêtres encadrées de colonnes corinthiennes. Il servait autrefois d'entrepôt à une manufacture de jouets dont l'activité s'était éteinte au début des années 1970. Avec la désindustrialisation, le bâtiment était resté en déshérence pendant près de trente ans avant d'être réhabilité en logements lorsqu'il était devenu tendance d'habiter Brooklyn.

À peine arrivée dans l'appartement, Carrie enleva ses baskets miniatures pour enfiler deux chaussons rose pâle ornés de pompons cotonneux. Elle me suivit jusqu'au meuble audio, me regarda poser un vinyle sur la platine – le deuxième mouvement du concerto en *sol* de Ravel – tout en applaudissant à la perspective de la musique à venir. Elle resta ensuite quelques minutes accrochée à mes basques, en attendant que je termine d'étendre le linge, puis elle me réclama une partie de cache-cache.

C'était de très loin son jeu préféré. Celui qui exerçait sur elle une véritable fascination.

Lors de sa première année, le « caché-coucou » se résumait pour Carrie à coller ses petites mains devant ses yeux, doigts écartés, regard à demi masqué. Elle me perdait de vue quelques secondes avant que mon visage réapparaisse comme par magie pour la faire partir dans un grand éclat de rire. Avec le temps, elle avait fini par intégrer le principe de la cachette. Elle partait alors se planquer derrière un rideau ou sous la table basse. Mais il y avait toujours un bout de pied, un coude ou une jambe mal repliée qui dépassaient pour signaler sa présence. Parfois même, si le jeu se prolongeait trop, elle finissait par agiter sa main dans ma direction pour que je la trouve plus rapidement.

À mesure qu'elle grandissait, l'exercice s'était complexifié. Carrie avait apprivoisé d'autres pièces de l'appartement, multipliant les possibilités de cachettes : accroupie derrière les portes, en boule dans la baignoire, plongée sous les draps, aplatie sous son lit.

Les règles aussi avaient changé. Le jeu était devenu une affaire sérieuse.

Désormais, avant de partir à sa recherche, je devais me tourner vers le mur, fermer les yeux et compter distinctement jusqu'à 20.

Et c'est ce que je fis, cet après-midi du 12 avril, tandis que le soleil brillait derrière les gratte-ciel, baignant l'appartement d'une lumière chaude presque irréelle.

— Ne triche pas, maman ! me gronda-t-elle alors que je suivais pourtant à la lettre le rituel.

Dans ma chambre, les mains sur les yeux, je commençai à compter à voix haute, ni trop lentement ni trop vite.

— Un, deux, trois, quatre, cinq…

Je me souviens très bien du bruit feutré de ses petits pas sur le parquet. Carrie avait quitté la chambre. Je l'entendis traverser le salon, bousculer le fauteuil Eames qui trônait face à l'immense mur de verre.

— … six, sept, huit, neuf, dix…

Il faisait bon. Mon esprit vagabondait, ici et ailleurs, porté par les notes cristallines qui me parvenaient du salon. Mon passage préféré de l'adagio. Le dialogue entre le cor anglais et le piano.

— … onze, douze, treize, quatorze, quinze…

Une longue phrase musicale, perlée, qui n'en finissait pas de couler et que certains avaient joliment comparée à une pluie tiède, égale et tranquille.

— … seize, dix-sept, dix-huit, dix-neuf et vingt.

Ouvre les yeux.

2.

J'ai ouvert les yeux et je suis sortie de la chambre.

— Attention, attention ! Maman arrive !

J'ai joué le jeu. Rieuse, j'ai déroulé la partition que ma fille attendait de moi. J'ai parcouru les pièces en commentant d'un ton badin chacune de mes tentatives :

— Carrie n'est pas sous les coussins… Carrie n'est pas derrière le canapé…

Les psys prétendent que les parties de cache-cache ont un intérêt pédagogique : elles sont un moyen de faire expérimenter à l'enfant la séparation de façon positive. En répétant cette mise à distance temporaire et factice, l'enfant est censé éprouver la solidité du lien qui l'unit à ses parents. Pour produire ses effets, le jeu doit fonctionner comme une véritable dramaturgie et procurer en un temps très court un large éventail d'émotions : de l'excitation, de l'attente et un zeste de frayeur avant de faire place à la joie des retrouvailles.

Laisser toutes ces émotions se déployer nécessite de faire durer un peu le plaisir et de ne pas éventer trop vite le suspense. Bien entendu, il était fréquent que je sache où Carrie se cachait avant même que je n'ouvre les yeux. Mais pas cette fois. Et au bout de deux ou trois minutes un peu théâtrales, je décidai d'arrêter de faire semblant et j'entrepris de la chercher. Vraiment.

Même si mon appartement est vaste – une sorte de grand cube de verre de deux cents mètres carrés à l'angle ouest de l'immeuble –, les possibilités de cachettes n'y sont pas illimitées. Je l'avais acheté quelques mois auparavant, y investissant l'intégralité de mes droits d'auteur. Le programme immobilier de rénovation du Lancaster avait été pris d'assaut et même si les travaux étaient loin d'être terminés, le logement que j'avais dans le viseur était déjà le dernier disponible sur le marché. Je m'étais entichée de l'endroit dès ma première visite et, pour l'obtenir et y emménager plus vite, j'avais accepté de verser un dessous-de-table au promoteur. Une fois dans les lieux, j'avais fait abattre tous les murs possibles pour transformer l'appartement en un loft au parquet blond comme le miel et à l'ameublement et la déco minimalistes. Les dernières fois que nous avions joué ensemble, Carrie avait réussi à trouver des cachettes sophistiquées : malicieuse, elle s'était faufilée derrière le sèche-linge et à l'intérieur du placard à balais.

Avec patience, bien qu'un peu agacée, je la cherchais toujours dans les coins et les recoins, derrière chaque meuble. Puis je recommençai. Dans ma hâte, je bousculai la console en chêne sur laquelle étaient rangés les vinyles et le tourne-disque. Sous l'impact, le bras de la platine fut éjecté des sillons et mit fin à la musique, plongeant la pièce dans le silence.

C'est à cet instant qu'une boule se forma au creux de mon ventre.

— C'est bon, chérie, tu as gagné. Sors de ta cachette, maintenant !

Je filai dans le hall pour vérifier l'entrée. La porte blindée était fermée à double tour. La clé était engagée dans le verrou supérieur, accrochée à un trousseau, hors d'atteinte d'une enfant.

— Carrie ! Sors de ta cachette, je t'ai dit, tu as gagné !

Avec toute la raison dont j'étais capable, j'essayai de contenir les vagues de panique qui menaçaient de déferler. Carrie était *obligatoirement* dans la maison. La présence des clés sur la porte, en bloquant le barillet, interdisait d'ouvrir de l'extérieur même à quelqu'un ayant un double. Quant aux fenêtres, depuis la rénovation de l'immeuble, elles étaient définitivement scellées. Non seulement Carrie n'avait pas pu sortir de la maison, mais personne n'avait pu y entrer.

— Carrie ! Dis-moi où tu es.

J'étais essoufflée, comme si je venais de traverser la moitié de Central Park en courant. J'avais beau ouvrir la bouche pour respirer, l'air n'arrivait plus jusqu'à mes poumons. C'est impossible. On ne peut pas disparaître au cours d'une partie de cache-cache dans un appartement. C'est un jeu qui se finit toujours bien. La disparition est une mise en scène symbolique et temporaire. Il ne peut en être autrement. C'est inscrit dans l'ADN même du concept : on n'accepte d'y jouer que parce qu'on a la certitude de retrouver l'autre.

— Carrie, ça suffit maintenant ! Maman n'est pas contente !

Maman n'était pas contente, mais maman avait surtout très peur. Une troisième ou quatrième fois, je vérifiai toutes les cachettes habituelles, puis je m'attaquai aux plus improbables : le panier de la machine à laver, le conduit de la cheminée – bouché depuis des lustres. Je déplaçai le lourd frigo, je coupai même le disjoncteur pour débloquer et ouvrir le coffre du faux plafond qui abritait les conduits de la climatisation.

— CARRIE !

Mon hurlement résonna dans tout l'appartement jusqu'à en faire vibrer les vitres. Mais l'écho se perdit et le silence revint. Dehors, le soleil avait disparu. Il faisait froid. Comme si l'hiver venait de s'abattre sans prévenir.

Je restai un instant figée, en sueur, des larmes coulant sur mes joues. C'est en reprenant mes esprits que j'aperçus un des chaussons de Carrie dans le couloir de l'entrée. Je ramassai la petite pantoufle en velours rose pâle. C'était le pied gauche. Je cherchai l'autre chausson, mais lui aussi semblait avoir disparu.

C'est alors que je me résolus à appeler la police.

3.

Le premier policier qui se présenta à moi fut le *detective* Mark Rutelli du 90th Precinct, le commissariat dont dépendait le nord de Williamsburg. Le flic ne devait pas être loin de la retraite. Malgré son allure fatiguée et ses poches sous les yeux, il comprit immédiatement l'urgence de la situation et ne ménagea pas sa peine. Après une nouvelle inspection minutieuse de l'appartement, il réclama des renforts pour fouiller l'immeuble, convoqua une équipe de police scientifique, envoya deux hommes interroger les habitants du Lancaster et visionna lui-même les vidéos de surveillance avec l'équipe de gardiennage.

Dès son arrivée, le chausson manquant l'avait convaincu d'essayer d'activer le dispositif « Alerte enlèvement », mais la police d'État souhaitait rassembler d'autres éléments concrets avant de donner son accord.

Pendant que le temps défilait, je me rongeais les sangs. J'étais totalement perdue, incapable de savoir comment me rendre utile et pourtant follement désireuse de l'être. Je laissai un message sur le répondeur de mon éditrice : « Fantine, j'ai besoin de ton aide, Carrie a disparu, la police est là, je ne sais pas quoi faire, je suis malade d'inquiétude, rappelle-moi tout de suite. »

Bientôt la nuit tomba sur Brooklyn. Non seulement Carrie n'était pas réapparue, mais aucune des investigations du NYPD n'avait débouché sur la moindre piste. Ma fille semblait s'être volatilisée, emportée dans l'obscurité par un Roi des Aulnes sanguinaire qui avait profité de mon moment d'inattention.

À huit heures du soir, la supérieure de Rutelli, le *lieutenant* Frances Richard, débarqua sur le parvis du Lancaster où on m'avait fait descendre pendant qu'une équipe fouillait la cave attribuée à l'appartement.

— Nous avons mis votre ligne téléphonique sur écoute, m'informa-t-elle en relevant le col de son imper.

La rue était bouclée et un vent glacé s'engouffrait dans Berry Street.

— Il n'est pas impossible que celui ou celle qui a enlevé votre fille cherche à vous contacter pour une demande de rançon ou un autre motif. Mais pour l'instant, il faut que vous nous suiviez au commissariat.

— Pour quelle raison ? Comment voulez-vous qu'elle ait été enlevée ? La porte était…

— C'est ce que nous essayons de découvrir, madame.

Je levai la tête vers la silhouette massive de l'immeuble qui se découpait dans l'outrenoir. Quelque chose me disait que Carrie était toujours dans le bâtiment et que je faisais une erreur en m'éloignant. En quête de soutien, je cherchai Rutelli du regard, mais il prit le parti de sa supérieure :

— Suivez-nous, madame. Il faut que vous répondiez de manière plus précise à certaines de nos questions.

**Extrait de l'interrogatoire
de Mme Flora Conway**

Mené le lundi 12 avril 2010 par le *detective* Mark Rutelli et le *lieutenant* Frances Richard dans les locaux du 90th Precinct, 211 Union Ave, Brooklyn, NY 11211.

8:18 PM

***Lieutenant* Richard** *(relisant ses notes)* : Vous nous avez dit que le père de Carrie s'appelait Romeo Filippo Bergomi. Il est danseur à l'Opéra de Paris, c'est ça ?

Flora Conway : Danseur coryphée.

***Detective* Rutelli** : Et ça signifie quoi, en clair ?

Flora Conway : Dans la hiérarchie de l'opéra, il y a les danseurs étoiles, les premiers danseurs, les sujets et les coryphées.

Lt Richard : Vous voulez dire que c'est un loser ?
Flora Conway : Non, je répondais juste à votre question.
Lt Richard : M. Bergomi a aujourd'hui vingt-six ans, c'est ça ?
Flora Conway : J'imagine que vous avez vérifié.
Dt Rutelli : Oui, on l'a contacté, ce que vous auriez dû faire. Il nous a semblé très inquiet. Il a pris un avion en urgence. Il sera à New York demain dans la matinée.
Flora Conway : Ce serait bien la première fois qu'il s'inquiète pour sa fille. Il ne s'en est jamais vraiment préoccupé jusqu'à présent.
Dt Rutelli : Vous lui en vouliez ?
Flora Conway : Non, ça me va très bien.
Dt Rutelli : Vous pensez que M. Bergomi ou son entourage aurait pu faire du mal à Carrie ?
Flora Conway : Je ne pense pas, mais je ne pourrais pas le jurer. Je ne le connais pas vraiment.
Lt Richard : Vous ne connaissez pas le père de votre enfant ?

8:25 PM

Dt Rutelli : Vous avez des ennemis, madame Conway ?

Flora Conway : Pas que je sache.

Dt Rutelli : Des inimitiés alors, sans doute. Qui pourrait en vouloir à une romancière reconnue comme vous ? Des collègues plus malchanceux ?

Flora Conway : Je n'ai pas de « collègues ». Je ne vais pas à l'usine ou au bureau.

Dt Rutelli : Enfin, vous voyez ce que je veux dire. Les gens lisent de moins en moins, non ? Alors forcément, les places sont chères. Ça doit créer des tensions entre vous, des jalousies.

Flora Conway : Peut-être, mais rien qui puisse conduire à enlever un enfant.

Lt Richard : Les romans que vous écrivez, c'est quel genre ?

Flora Conway : Pas le genre de ceux que vous lisez.

Dt Rutelli : Et du côté de vos lecteurs ? Vous n'avez pas repéré un fan complètement taré comme dans cette histoire, là, *Misery* ? Vous n'avez pas reçu de lettres ou de mails de la part de lecteurs un peu trop intrusifs ?

Flora Conway : Je ne lis pas le courrier de mes lecteurs, mais mon éditrice doit le faire sans doute, demandez-lui.

Dt Rutelli : Pourquoi vous ne lisez pas leurs messages ? Ça ne vous intéresse pas de savoir ce qu'ils pensent de vos livres ?

Flora Conway : Non.

Lt Richard : Pourquoi ?

Flora Conway : Parce que les lecteurs lisent le livre qu'ils veulent lire, pas celui que vous avez écrit.

8:29 PM

Dt Rutelli : Ça rapporte bien comme boulot, écrivain ?

Flora Conway : C'est fluctuant.

Dt Rutelli : Parce qu'on a examiné vos comptes en banque et on ne peut pas dire que vous roulez sur l'or.

Flora Conway : J'ai utilisé tous mes droits d'auteur pour acheter mon appartement et le rénover.

Dt Rutelli : C'est vrai que ça doit coûter beaucoup d'argent un appartement comme ça.

Flora Conway : C'était important pour moi.

Lt Richard : Quoi donc ?
Flora Conway : D'avoir des murs pour me protéger.
Dt Rutelli : Vous protéger de qui ?

8:34 PM
Lt Richard *(agitant la dépêche AFP devant ses yeux)* : J'ai vu qu'on avait parlé de vous dans la presse. Je sais que ce n'est pas le moment, mais félicitations pour votre prix Kafka.
Flora Conway : C'est vrai que ce n'est pas le moment…
Lt Richard : Donc vous n'êtes pas allée recevoir votre prix à Prague parce que, je cite la dépêche, vous souffrez de « phobie sociale », c'est bien ça ?
Flora Conway : …
Dt Rutelli : C'est bien ça, madame Conway ?
Flora Conway : J'aimerais vraiment savoir ce qui se passe dans votre tête pour que vous préfériez perdre du temps à me poser ce genre de questions plutôt que…
Lt Richard : Où étiez-vous hier soir ? Dans votre appartement avec votre fille ?
Flora Conway : Hier soir, je suis sortie.

Lt Richard : Pour aller où ?
Flora Conway : À Bushwick.
Dt Rutelli : C'est grand, Bushwick.
Flora Conway : Dans un bar de Frederick Street : Le Boomerang.
Lt Richard : C'est bizarre d'aller dans un bar lorsqu'on souffre de phobie sociale, non ?
Flora Conway : OK, cette histoire de phobie sociale, c'est une connerie inventée par Fantine, mon éditrice, pour m'épargner d'avoir à rencontrer les journalistes et les lecteurs.
Dt Rutelli : Pourquoi refusez-vous de les rencontrer ?
Flora Conway : Parce que ce n'est pas mon boulot.
Dt Rutelli : C'est quoi votre boulot ?
Flora Conway : Écrire des livres, pas les vendre.
Lt Richard : Bon, revenons à notre bar. Quand vous vous absentez, qui garde Carrie habituellement ?
Flora Conway : Une nounou, la plupart du temps. Ou bien Fantine, si je suis coincée.
Dt Rutelli : Et hier soir ? Pendant que vous étiez au Boomerang ?

Flora Conway : Une nounou.
Dt Rutelli : Comment s'appelle-t-elle ?
Flora Conway : Je n'en sais rien. Je fais appel à une agence de baby-sitting, mais ils n'envoient jamais la même fille.

8:35 PM
Dt Rutelli : Et dans ce bar, Le Boomerang, qu'est-ce que vous avez fait ?
Flora Conway : Ce qu'on fait d'ordinaire dans les bars.
Dt Rutelli : Vous avez bu des coups ?
Lt Richard : Vous avez dragué des mecs ?
Flora Conway : Ça fait partie de mon travail.
Dt Rutelli : Votre travail, c'est de boire des coups ?
Lt Richard : Et de draguer des mecs ?
Flora Conway : Mon travail, c'est d'aller dans des lieux pour observer des gens, leur parler, essayer de deviner leur intimité et imaginer leurs secrets. C'est le carburant de mon écriture.
Lt Richard : Vous avez fait des rencontres hier soir ?
Flora Conway : Je ne vois vraiment pas en quoi ça...

Lt Richard : Est-ce que vous avez quitté le bar avec un homme, madame Conway ?

Flora Conway : Oui.

Dt Rutelli : Comment s'appelait-il ?

Flora Conway : Hassan.

Dt Rutelli : Hassan comment ?

Flora Conway : Je ne sais pas.

Dt Rutelli : Vous êtes allés où ?

Flora Conway : Chez moi.

Lt Richard : Vous avez eu un rapport sexuel avec lui ?

Flora Conway : ...

Lt Richard : Madame Conway, est-ce que vous avez eu un rapport sexuel avec cet inconnu rencontré quelques heures auparavant, dans votre appartement, là où dormait votre fille ?

8:46 PM

Dt Rutelli : Je voudrais que vous regardiez cette vidéo attentivement : ce sont des images prises cet après-midi par une caméra de surveillance installée dans le couloir du sixième étage de votre immeuble.

Flora Conway : Je ne savais pas qu'il y avait une caméra ici.

Lt Richard : La décision a été votée par l'assemblée générale il y a six mois. La sécurité du Lancaster s'est beaucoup renforcée depuis que des personnes friquées ont racheté les appartements pour les retaper.
Flora Conway : Dans votre bouche, je devine que c'est une critique.
Dt Rutelli : La caméra permet clairement d'apercevoir votre porte d'entrée. Ici, on vous voit rentrer de l'école avec Carrie. Regardez l'heure en bas de l'écran : 15 h 53. Puis plus rien. J'ai regardé la bande en accéléré. Personne ne s'approche de votre porte jusqu'à mon arrivée à 16 h 58.
Flora Conway : C'est ce que je vous ai dit !
Lt Richard : Cette histoire ne tient pas debout. Je pense que vous ne nous dites pas toute la vérité, madame Conway. Si personne n'est entré ni sorti de votre appartement, c'est que votre fille y est encore.
Flora Conway : Si c'est le cas, TROUVEZ-LA !

[Je me lève de ma chaise. Je fais face au reflet que me renvoie le miroir : visage pâle, chignon blond, chemisier blanc, jean, perfecto. Je me tiens debout. Et j'ai besoin de me dire que je vais le demeurer.]

Lt Richard : Asseyez-vous, madame Conway ! Nous n'en avons pas terminé. Nous avons encore des questions à vous poser.

[Mentalement, je me répète que je vais faire face. Que j'ai déjà connu l'adversité. Que j'y ai déjà survécu. Et que ce cauchemar aura un jour une fin. Et que…]

Dt Rutelli : S'il vous plaît, asseyez-vous, madame Conway.
Lt Richard : Merde, elle s'évanouit. Ne restez pas planté là, Rutelli ! Appelez les secours. Ça va encore nous retomber dessus. Merde !

2

Un tissu de mensonges

Quand vous parlez à des écrivains, vous devez toujours garder en tête que ce ne sont pas des gens normaux.

Jonathan Coe

1.

Il y a six mois, le 12 avril 2010, ma fille de trois ans, Carrie Conway, m'a été enlevée alors que nous jouions toutes les deux à cache-cache dans mon appartement de Williamsburg.

Après m'être évanouie lors de l'interrogatoire au commissariat, je m'étais réveillée dans une chambre du Brooklyn Hospital Center où j'étais restée quelques heures sous la surveillance de deux agents du FBI. L'antenne new-yorkaise du Bureau avait pris la main sur l'enquête. Un des agents m'avait dit qu'une équipe était en train de « désosser » mon appartement et que si Carrie y était encore, ils finiraient par la trouver. J'avais enduré un deuxième interrogatoire et je m'étais à nouveau sentie agressée par le feu nourri de leurs questions, comme si le problème, c'était moi. Comme si j'avais, *moi*, la réponse à ce mystère : qu'est-il arrivé à Carrie ?

Dès que j'en avais eu la force, j'avais demandé à quitter l'hôpital et trouvé refuge chez mon éditrice, Fantine de Vilatte. J'y étais restée une semaine, en attendant qu'on me laisse revenir au Lancaster.

2.

Depuis ce jour, l'enquête n'a pas progressé d'un pouce.

Mois après mois, je passe mes journées dans un brouillard médicamenteux. À attendre désespérément qu'il se passe quelque chose : la découverte d'un indice, l'arrestation d'un suspect, une demande de rançon. À attendre même qu'un flic vienne chez moi pour me dire que le corps de ma fille a été retrouvé. Tout plutôt que cette attente dépourvue d'espoir. Tout plutôt que ce néant.

Au pied du Lancaster, à n'importe quelle heure du jour et de la nuit, il y a une caméra, un photographe, un ou plusieurs journalistes pour me tendre un micro. Ce n'est plus la cohue des premiers jours où ils étaient des dizaines à faire le pied de grue, mais c'est suffisant pour me dissuader de sortir.

Ce qu'ils appellent « l'affaire Carrie Conway » est devenu un fait divers qui « passionne l'Amérique », selon la formule matraquée par les chaînes d'infos. Tout y est passé : « le nouveau mystère de la chambre jaune », « une tragédie digne d'Hitchcock », « Agatha Christie version 2.0 », sans parler des références à Stephen King à cause du prénom de ma fille ou des théories les plus loufoques qui pullulent sur Reddit.

Du jour au lendemain, des gens qui n'avaient jamais entendu parler de moi, jamais lu un de mes livres, jamais lu, même, aucun livre du tout, se sont mis à exhumer des phrases cryptiques de mes anciens romans et à les tordre en échafaudant des hypothèses ridicules. Ma vie et celle des gens que j'ai croisés ont été dépiautées par des charognards en quête d'éléments à charge. Car j'ai bien compris que c'est toujours à cette conclusion que l'on aboutit : je suis forcément coupable de la disparition de ma fille.

Et cet écho médiatique est le pire des juges. Il ne s'embarrasse d'aucune preuve, d'aucune réflexion, d'aucune nuance. Il ne recherche pas la vérité, mais le spectacle. Il va au plus court, à l'anecdotique, se nourrissant de la séduction facile des images, de la paresse de la presse et de ses lecteurs abêtis par la servitude du clic. La disparition de ma fille, le drame qui me dévaste n'est pour eux qu'un divertissement, un spectacle, un objet de bons mots et de ricanements. Pour être honnête, ce traitement est loin d'être l'apanage de supports bas de gamme ou populaires. D'autres médias prétendument sérieux s'en donnent à cœur joie. Ils aiment autant que les autres se rouler dans la fange avec les porcs, mais ils ne l'assument pas tout à fait. Alors, toute honte bue, ils repeignent leur voyeurisme avec les habits de l'« investigation ». Le mot magique qui justifie leur fascination morbide et leur harcèlement.

Leur traque me maintient prisonnière, terrée toute la journée dans mon cube de verre du sixième étage. Fantine m'a proposé plusieurs fois de venir m'installer chez elle, mais je me dis toujours que si Carrie revenait, elle reviendrait ici, *chez nous*, dans notre appartement.

Ma seule échappatoire est le toit-terrasse de l'immeuble : un ancien terrain de badminton entouré de canisses en bambou qui offre un panorama à 360 degrés sur la *skyline* de Manhattan et de Brooklyn. La ville paraît à la fois lointaine et proche dans ses moindres détails : les bouches d'égout qui crachent leur vapeur à tous vents, les reflets changeants dans le verre des buildings, les échelles de secours en fonte qui s'agrippent aux façades en grès rouge.

J'y monte plusieurs fois par jour pour respirer. Je grimpe même parfois plus haut, en empruntant l'échelle en ferraille qui donne accès au réservoir d'eau alimentant le Lancaster. D'ici, la vue est vertigineuse. Le ciel et le vide se disputent votre attention. Et lorsque je baisse les yeux, je sens la tentation du grand saut qui me rappelle que jamais, dans mon existence, je n'ai été capable de tisser le moindre lien familial ou amical.

Carrie était ma seule attache au monde. Si on ne la retrouve pas, je sais qu'un jour je me précipiterai dans le vide. C'est écrit, quelque part dans le livre du temps. Chaque jour, je monte sur le château d'eau pour savoir si c'est aujourd'hui. Pour l'instant, le fil ténu de l'espoir m'a toujours retenue de passer à l'acte, mais l'absence se prolonge et je crains de ne plus pouvoir faire face très longtemps. Les pensées les plus extrêmes cohabitent dans ma tête. Pas une nuit où je ne me réveille en sursaut, trempée, suffoquant, avec le cœur qui tremble et déraille comme une chaîne de vélo. Dans ma mémoire, les images de Carrie commencent à s'estomper. Je sens bien qu'elle m'échappe. Son visage se fait moins précis, je ne retrouve plus ses mimiques exactes, l'intensité de son regard, les inflexions précises de sa voix. À cause de quoi ? L'alcool ? Les anxiolytiques ? Les antidépresseurs ? Peu importe. C'est comme si j'étais en train de la perdre pour la seconde fois.

Étrangement, le seul qui s'inquiète pour moi est Mark Rutelli. Le flic a pris sa retraite il y a trois mois et depuis, il passe me voir au moins une fois par semaine pour me tenir au courant de sa contre-enquête, qui pour l'instant est au point mort.

Et puis, il y a mon éditrice, Fantine.

3.

— J'insiste, Flora : tu dois absolument quitter cet endroit.

Il est quatre heures de l'après-midi. Assise sur l'un des tabourets hauts de la cuisine, une tasse de thé à la main, Fantine de Vilatte essaie pour la énième fois de me convaincre de déménager.

— Tu ne pourras te reconstruire que dans un nouveau lieu.

Elle porte une robe cache-cœur à imprimé floral, un perfecto noir et des bottes à talons en cuir fauve. Retenus en chignon par une large barrette ornée de perles, ses cheveux acajou brillent de mille reflets dans la lumière automnale.

Plus je la regarde, plus j'ai l'impression de me voir dans un miroir. En quelques années, le succès de sa maison d'édition a transformé Fantine. Elle autrefois si réservée et insignifiante a gagné en assurance et en séduction. À présent, dans les conversations, elle parle plus qu'elle n'écoute et supporte de moins en moins qu'on aille contre sa volonté. Par petites touches, elle est devenue une autre version de moi-même. Elle s'habille comme moi, a adopté ma gestuelle, mes blagues, mes expressions, la façon que j'ai de remettre une mèche de cheveux derrière mon oreille. Elle s'est fait tatouer un discret ruban de Möbius sur le côté droit du cou, au même emplacement que le mien. Plus je m'étiole, plus elle s'épanouit ; plus je sombre, plus elle rayonne.

J'ai rencontré Fantine pour la première fois à Paris il y a sept ans, dans les jardins de l'hôtel Salomon de Rothschild lors du lancement en France du nouveau roman d'une star de la littérature américaine.

J'avais quitté New York quelques mois pour vadrouiller en Europe et je finançais mon voyage en faisant des petits boulots. Ce soir-là, je servais des coupes de champagne aux invités. À l'époque, Fantine était l'assistante de l'assistante de la directrice littéraire d'une grande maison d'édition. Autrement dit personne. Fantine était transparente, les gens la bousculaient sans la voir. Une miss Cellophane qui s'excusait d'exister et ne savait que faire de son corps et de son regard.

La seule qui la voyait, c'était moi. Parce que je suis romancière dans l'âme. Parce que c'est mon truc, peut-être mon seul talent, en tout cas ce que je sais faire mieux que les autres : capter chez les gens quelque chose qu'ils ignorent d'eux-mêmes. Comme elle était bilingue, nous avions échangé quelques mots. Un sentiment ambivalent m'avait frappée chez elle : la détestation du milieu dans lequel elle évoluait et la rage d'en faire partie malgré tout. Et je reconnais qu'elle aussi avait repéré quelque chose en moi et que je m'étais sentie bien avec elle. Suffisamment pour lui dire que j'étais en train de terminer l'écriture d'un roman. Une histoire chorale intitulée *La Fille dans le Labyrinthe* et mettant en scène la trajectoire de plusieurs New-Yorkais qui se croisaient dans un bar du Bowery le 10 septembre 2001.

— Le Labyrinthe, c'est le nom du bar, avais-je expliqué.

— Promettez-moi que je serai la première à qui vous enverrez votre roman !

Quelques semaines plus tard, je lui avais adressé par mail le manuscrit que j'avais achevé de retour à New York. Pendant dix jours, je n'eus ni nouvelles ni accusé de réception. Puis un après-midi de septembre, Fantine sonna à la porte de mon appartement. J'habitais à l'époque dans un studio minuscule de Hell's Kitchen. Un immeuble délabré sur la 11e Avenue, mais qui offrait des vues d'enfer sur l'Hudson et les côtes du New Jersey.

L'apparence de Fantine ce jour-là est restée gravée dans ma mémoire : son imperméable mastic, ses lunettes de jeune fille sage et son attaché-case de banquière. Sans détour, elle me dit qu'elle avait adoré *La Fille dans le Labyrinthe* et qu'elle voulait le publier, mais pas chez l'éditeur pour lequel elle travaillait : elle voulait créer sa *propre* maison d'édition, un écrin idéal et sur mesure pour la publication de mon roman. Alors que je lui faisais part de mon scepticisme, elle sortit de son cartable un dossier cartonné contenant une demande de prêt bancaire qui venait d'être validée. « J'ai les moyens de lancer mon affaire, Flora. Et c'est ton texte qui m'en a donné la force. » Puis, les yeux brillants, elle ajouta : « Si tu me fais confiance, je me battrai jusqu'à mon dernier souffle pour ton livre. » Comme j'avais l'impression que mon livre, c'était moi, j'entendis : « Je me battrai jusqu'à mon dernier souffle pour TOI. » C'était la première fois que quelqu'un me disait ça et je crus en sa sincérité. Je lui cédai les droits mondiaux de mon roman.

Fantine tint parole et batailla corps et âme pour défendre le livre. Moins d'un mois après, à la foire de Francfort, les droits de *La Fille dans le Labyrinthe* furent cédés dans plus de vingt pays. Aux États-Unis, le roman parut chez Knopf avec un blurb de Mario Vargas Llosa assurant que le roman était « taillé dans la même roche » que son chef-d'œuvre, *Conversación en la Catedral*. La critique vedette des pages littéraires du *New York Times*, la tant redoutée Michiko Kakutani, jugea que le roman était porté par « une écriture rugueuse et audacieuse » et qu'il mettait en scène « des fragments de vie brossant un portrait saisissant d'un monde qui s'achève ».

La machine s'emballa. Tout le monde lisait *La Fille dans le Labyrinthe*. Pas forcément pour les bonnes raisons et souvent en passant totalement à côté du livre. Le mécanisme inhérent au succès.

L'autre coup de génie de Fantine fut d'organiser ma rareté médiatique. Au lieu de se désoler de mon refus d'apparaître en public, elle en fit un argument commercial, ne diffusant qu'une seule photo de moi – un cliché en noir et blanc vaguement mystérieux sur lequel je ressemblais à Veronica Lake. Je donnais des interviews par mail à des journalistes que je ne rencontrais jamais, je faisais l'impasse sur les dédicaces dans les librairies ou les conférences dans les facs et les bibliothèques. À l'heure où beaucoup d'écrivains commençaient à étaler leur vie privée ou à se perdre dans des débats sans fin sur les réseaux, cette ascèse médiatique me singularisait. Dans tous les articles, j'étais présentée comme la « très discrète » ou « très mystérieuse » Flora Conway. Et cela m'allait bien.

J'écrivis un deuxième roman, puis un troisième qui me valut un prix littéraire. Grâce à ce succès, les éditions Fantine de Vilatte, implantées à Paris, gagnèrent une crédibilité internationale. Fantine avait publié d'autres auteurs. Certains essayaient d'écrire comme Flora Conway et d'autres de ne surtout pas écrire comme Flora Conway, mais tout le monde se positionnait finalement *par rapport* à moi. Et cela aussi m'allait bien. À Paris, tout le milieu germanopratin adorait « Fantine ». Fantine qui publiait de la « littérature exigeante », Fantine qui défendait les petits libraires, Fantine qui défendait ses auteurs. Fantine, Fantine, Fantine…

C'est le grand malentendu entre nous : Fantine pense réellement qu'elle m'a « découverte ». Il lui arrive même de parler de « nos livres » lorsqu'elle évoque *mes* romans.

J'imagine qu'à un moment ou à un autre on en arrive toujours là avec les éditeurs. Mais soyons honnêtes, qui a payé son appartement de Saint-Germain-des-Prés, sa maison de campagne à Cape Cod, le loyer de son appartement de Soho ?

Lorsque j'ai été enceinte de Carrie, pour la première fois la vie m'a semblé plus intéressante que l'écriture. Cette impression a perduré après sa naissance. Désormais, la « vraie vie » m'accaparait davantage, car j'avais un rôle plus actif à y jouer. J'avais moins besoin de m'égarer hors de la réalité.

Quand Carrie a fêté son premier anniversaire, Fantine m'a fait part de son inquiétude quant à l'avancée de mon prochain texte. Je lui ai laissé entendre non pas qu'il n'y aurait plus jamais d'autres romans, mais que j'allais faire une très longue pause.

— Tu ne vas pas gâcher ton talent à cause d'une mioche ! s'est-elle emportée.

Je lui ai répondu que ma décision était prise. Que les priorités de mon existence avaient changé et que je voulais diriger mon énergie vers ma fille plutôt que vers mes livres.

Et ça, Fantine ne le supportait pas.

4.

— Pour t'échapper de ce trou noir, il faut que tu te remettes à écrire.

Fantine pose sa tasse de thé sur la table et a un bref mouvement d'épaules avant de justifier ses paroles.

— Tu as encore dans le ventre trois ou quatre grands livres. C'est mon job de t'aider à les sortir.

Insensible à ma souffrance, elle a depuis bien longtemps déjà tourné la page de la disparition de Carrie et ne prend même pas la peine de faire semblant.

— Mais comment veux-tu que j'écrive ? Je ne suis qu'une plaie béante. Je me réveille tous les matins avec l'envie de me foutre en l'air.

Je fuis dans le salon, mais elle me rejoint.

— Justement, il faut que tu écrives sur ça. Il y a plein d'artistes qui ont perdu un enfant, ça ne les a pas empêchés de créer pour autant.

Fantine ne comprend pas. Perdre un enfant n'est pas le genre de souffrance que vous pouvez envisager comme une épreuve susceptible de vous rendre plus fort lorsque vous l'aurez surmontée. C'est une souffrance qui vous brise en deux. Et qui vous laisse terrassé sur le champ de bataille sans espoir que votre blessure puisse être guérie un jour. Mais ça, je sais qu'elle ne veut pas l'entendre et je préfère tenter de couper court.

— Toi, tu n'as pas d'enfant, donc tu n'as pas droit à la parole.

— C'est ce que je te dis : c'est ta parole qui m'intéresse, pas la mienne. Dans des genres très différents, des chefs-d'œuvre ont été écrits sous l'emprise de la douleur.

À contre-jour, sa silhouette se découpe devant le mur de verre tandis qu'elle se lance dans une énumération :

— Hugo a écrit « Demain, dès l'aube… » peu de temps après la mort de sa fille, Duras a écrit *La Douleur* avec les carnets qu'elle avait noircis pendant la guerre, Styron a écrit *Face aux ténèbres* alors qu'il sortait d'une dépression de cinq ans, quant à…

— Arrête !

— L'écriture a été ta planche de salut, argumente-t-elle. Sans tes livres, tu servirais toujours des verres à tes pochards, au Labyrinthe ou ailleurs. Tu serais la même femme que tu étais lorsque tu es venue me chercher : une fille paumée, une punk à chien qui…

— Ne réécris pas l'histoire, c'est *toi* qui es venue me voir !

Je connais sa technique : me donner des coups pour faire bouger quelque chose en moi. Ça a pu marcher un temps, mais plus aujourd'hui.

— Flora, écoute-moi. Tu es là où tu as toujours voulu être. Souviens-toi, quand tu avais quatorze ans, à la bibliothèque municipale de Cardiff, où tu lisais les livres de George Eliot ou de Katherine Mansfield. Tu rêvais d'être ce que tu es devenue : la mystérieuse romancière Flora Conway dont les lecteurs attendent le prochain livre dans le monde entier.

Épuisée par son discours, je me laisse tomber sur le canapé. Debout devant ma bibliothèque, Fantine furète dans les étagères. Elle trouve enfin ce qu'elle cherche : un vieil exemplaire du *New Yorker* où figure une de mes interviews.

— Tu le répètes toi-même à longueur d'entretien : « La fiction permet de tenir le malheur à distance. Si je n'avais pas entièrement créé mon monde, je serais sûrement morte dans celui des autres. »

— J'ai dû piquer cette phrase dans le *Journal* d'Anaïs Nin.

— Qu'importe. Que tu le veuilles ou non, tu finiras par te remettre à écrire. Parce que tu ne peux pas t'en passer. Tu reprendras bientôt ton petit rituel : fermer tous les rideaux, pousser la clim jusqu'à transformer la pièce en frigo. Tu mettras tes disques de jazz pourri, tu recommenceras à fumer comme un pompier et…

— Non.

— Mais ça ne marche pas comme ça, Flora. Ce sont les livres qui décident que tu les écris, pas l'inverse.

Parfois, j'ai l'impression que Fantine n'existe pas vraiment. Que c'est juste une voix dans ma tête. Tour à tour Jiminy Cricket ou Ms. Hyde, un tourbillon de pensées provocatrices ou contradictoires. Comme je ne réagis pas, elle tente une nouvelle attaque :

— La douleur, c'est le meilleur carburant de l'écrivain. Un jour peut-être, tu te diras même que la disparition de Carrie était une chance.

Je ne relève pas. Je suis en train de m'éteindre, de moins en moins à même de ressentir de la colère. Tout ce que je suis capable de dire, c'est :

— Je veux que tu t'en ailles.

— Je vais partir, mais d'abord, j'ai une surprise pour toi.

Elle sort une boîte de son cabas Phantom en cuir grainé.

— Tu peux la garder. Je n'aime pas tes surprises.

Ignorant mes paroles, elle pose son cadeau sur la table du salon.

— Qu'est-ce que c'est ?

— Le début de la solution, répond-elle avant de quitter la pièce et de claquer la porte.

3

Le trente-sixième sous-sol

Entretenez en vous l'ivresse de l'écriture, et le pouvoir destructeur de la réalité restera sans prise sur vous.

Ray BRADBURY

1.

Le problème à présent, c'était que, Fantine m'ayant mis cette putain d'idée de cigarette dans la tête, je mourais d'envie d'en griller une. Dans la cuisine, je retrouvai un paquet entamé que j'avais planqué en haut d'une étagère justement pour affronter des moments comme celui-ci.

J'allumai la clope et tirai trois bouffées anxieuses avant de m'approcher de la table pour examiner le « cadeau » – que je devinais empoisonné – de Fantine. C'était une boîte carrée en bois brun, haute d'une dizaine de centimètres. Sur sa surface brillante et mouchetée jouaient des reflets rouges tourmentés, semblables à une peau de serpent. Je devinai ce qu'elle contenait avant même de l'ouvrir : un stylo de grande marque. Fantine avait une vision romantique de l'acte d'écrire. Elle pensait vraiment que je rédigeais mes brouillons avec des plumes Caran d'Ache dans des cahiers Moleskine achetés sur Christopher Street. Alors, souvent, elle m'offrait des stylos hors de prix pour fêter la sortie d'un livre ou l'obtention d'une nouvelle traduction.

Eh non, ma vieille, ce n'est pas comme ça que ça marche.

Si, avant de me lancer dans l'écriture d'un roman, je prenais bien des centaines de pages de notes, c'était généralement avec des Bic Cristal et sur des blocs à 99 cents achetés à la supérette du coin. Il n'y a que dans les films ou dans les publicités que les romanciers écrivent avec des Montblanc de la taille d'un avant-bras.

J'ouvris la boîte. Elle contenait un stylo vintage avec un flacon d'encre. Un très joli modèle de Dunhill Namiki qui devait dater des années 1930, avec une plume en or et un corps noir laqué décoré de motifs japonais en nacre, feuille d'or et coquille d'œuf. Près de la plume ondulaient des arabesques en forme de vagues qui, au niveau du réservoir, cédaient la place à des branches entremêlées de cerisier en fleur. Les fameux *sakura*, symboles de la fragilité de nos existences.

Je sortis le stylo de la boîte. C'était un bel objet – une véritable œuvre d'art, même – mais complètement daté. J'imaginais bien Zelda Fitzgerald ou Colette écrire avec un pareil instrument en picorant des chocolats – ou plus vraisemblablement en buvant du gin ou de la vodka. Sur le corps du stylo se trouvait un levier nacré. Je tirai la languette et plongeai la plume dans le flacon pour emplir le réservoir. L'encre avait une teinte cuivrée et une consistance épaisse.

J'emportai le stylo jusqu'à la table de la cuisine. Je me fis croire quelques secondes que j'allais me préparer du thé, mais je savais très bien que j'allais finalement sortir une des bouteilles de meursault qui dormaient dans la cave à vin. Je m'en servis un verre que je dégustai à petites gorgées en cherchant un cahier d'écolier sur lequel j'avais entrepris – il y a longtemps – de noter des recettes de cuisine. Je le trouvai rangé avec les ustensiles du four. En le feuilletant, je constatai que mes velléités culinaires de l'époque n'étaient pas allées au-delà de la recette des crêpes Suzette et du gratin dauphinois. Je dévissai le capuchon et griffonnai ma signature sur une page blanche pour tester la plume. Elle glissa sur le papier. Le tracé était souple, fluide, le débit d'encre ni trop lent, ni trop rapide.

2.

« Je déteste la littérature de consolation », avais-je pris l'habitude d'affirmer dans mes interviews. Souvent, j'ajoutais : « Je n'ai jamais pensé que la littérature devait avoir pour fonction de réparer ou de corriger le monde. Et je n'écris surtout pas pour que mes lecteurs aillent mieux après avoir lu mes livres. »

Je disais ça parce que c'était ce qu'on attendait de moi. Ou plutôt : c'était ce qu'on attendait du personnage de Flora Conway que j'avais construit avec Fantine. C'était ce qu'on attendait d'un écrivain prétendument sérieux :

qu'il défende l'idéal d'une écriture esthétique, intellectuelle, n'ayant d'autre but que la forme. Qu'il se drape dans l'assertion d'Oscar Wilde : « Les livres sont bien écrits ou mal écrits, c'est tout. »

La vérité, c'est que je ne pensais pas un mot de tout ça. J'avais même toujours pensé l'inverse : que la grande force de la fiction réside dans le pouvoir qu'elle nous offre de nous soustraire au réel ou de panser les plaies infligées par la violence alentour. Je regardai le Dunhill Namiki. Pendant longtemps, j'avais cru dur comme fer qu'un stylo était une baguette magique. Vraiment. Sans fausse naïveté. Parce que ça fonctionnait pour moi. Les mots étaient des briques de Lego. En les assemblant, je construisais patiemment un monde alternatif. Lorsque j'étais à ma table de travail, j'étais la reine d'un univers qui tournait peu ou prou selon ma volonté. J'avais droit de vie et de mort sur mes personnages. Je pouvais trucider les cons, accorder ma grâce aux plus méritants, rendre des jugements selon ma morale du moment sans jamais avoir à les justifier. J'avais publié trois livres, mais j'en avais une dizaine en gestation dans mon esprit. Et cette somme dessinait un monde de fiction dans lequel je passais presque autant de temps que dans la réalité.

Mais ce monde m'était aujourd'hui inaccessible. Ma baguette magique n'était qu'un accessoire en toc qui ne pouvait rien contre l'absence d'une petite fille de trois ans. La réalité avait douloureusement repris ses droits, pour me faire payer mes tentatives d'émancipation.

Je me resservis un verre et encore un autre. L'alcool et les benzodiazépines, le meilleur cocktail pour sombrer.

La fatigue et la détresse me couvrirent de leurs ténèbres. *Un jour peut-être, tu te diras même que la disparition de Carrie était une chance*. Les paroles obscènes de Fantine résonnèrent dans ma tête. Maintenant que j'étais seule, je ne cherchais plus à contenir mes larmes. La discussion avait laissé des traces. Comment Fantine osait-elle penser que je pourrais me remettre à travailler en un claquement de doigts ? Il faut une énergie hors du commun pour écrire. Une force physique et mentale. Or, mon navire prenait l'eau de toutes parts. Écrire un roman nécessite de descendre profondément en soi. Dans un endroit obscur que j'appelle le trente-sixième sous-sol. C'est là que se trouvent les idées les plus audacieuses, les fulgurances, l'âme des personnages, l'étincelle de la créativité. Mais le trente-sixième sous-sol est un territoire hostile. Pour affronter ses gardiens et revenir indemne d'un tel voyage, il faut des ressources qui m'avaient quittée. Je n'étais plus irriguée que par une douleur sans fin qui me brûlait les veines du matin au soir. Je ne pouvais pas écrire, je ne voulais pas écrire. Je ne voulais qu'une chose : revoir ma fille. Même si ça devait être pour la dernière fois.

Et c'est ce que j'écrivis, comme un mantra, avec le stylo-plume, sur le petit cahier de recettes :

Je veux revoir Carrie.
Je veux revoir Carrie.
Je veux revoir Carrie.

Un dernier verre de meursault. Ce soir, plus que d'autres, je me sentais totalement désemparée. Au bord de la folie et du suicide. J'essayai malgré tout de me rendre jusqu'à ma chambre en titubant, mais je finis par m'écrouler, comme terrassée, sur le parquet de la cuisine.

Je fermai les yeux et la nuit m'aspira dans son vortex. Je flottais dans un ciel grisâtre. Des nuages sombres s'effilochaient autour de moi. Puis, balayée par la brume, apparut la porte d'un ascenseur. À l'intérieur il n'y avait qu'un seul bouton. Une seule destination : le trente-sixième sous-sol.

3.

Et soudain, Carrie fut là. Vivante.

C'était un jour d'hiver ensoleillé dans le jardin d'enfants de McCarren Park à côté de son école.

— Attention, maman, j'y vais ! me prévint-elle du haut du toboggan avant de glisser sur le plan incliné.

Je la réceptionnai dans mes bras et mon ventre se noua. Je respirai ses cheveux et la chaleur de son cou. Je m'enivrai de son odeur, de ses cascades de rires lorsque je l'embrassai.

— Je t'offre une glace ?

— Y fait trop froid ! Je préfère un hot-dog !

— Si tu veux.

— Allez ! On y va ! lança-t-elle à la cantonade.

La scène était difficile à dater précisément, mais on distinguait encore un peu de neige sur les pelouses qui s'étendaient devant la cathédrale de la Transfiguration. Elle devait remonter à janvier ou février dernier. Je suivis Carrie jusqu'au chariot à hot-dogs et commandai son petit pain, qu'elle dévora en se trémoussant au rythme d'un vieux titre reggae sorti des enceintes du ghetto-blaster qu'un groupe de skateurs avaient installé sur des marches en béton. Je la regardai danser avec sa jupe écossaise, ses collants anthracite, son caban marine et son bonnet péruvien. Je retrouvais sa gaieté, son énergie, sa joie de vivre communicative qui avaient changé mon existence et je me laissai emporter à mon tour dans le tourbillon de la vie.

4.

J'ouvris les yeux un peu avant sept heures. Alors que mon sommeil aurait dû être lourd et brumeux, la nuit était passée comme un souffle. Une nuit légère pendant laquelle Carrie m'était apparue en songe avec un luxe de détails, d'odeurs et de sensations.

Le réveil fut difficile. Mon visage et mon torse étaient baignés de sueur, mes membres ankylosés. Je me traînai péniblement jusqu'à la salle de bains et restai un long moment sous le jet brûlant de la douche. Le sang pulsait à mes tempes. J'avais le souffle court et un reflux acide me brûlait l'estomac.

Des images de Carrie incroyablement précises faisaient irruption dans mon crâne et troublaient ma vision. Que s'était-il produit cette nuit ? Jamais je n'avais fait de rêve semblable. Pour la bonne et simple raison que ce que j'avais vécu n'était pas un rêve. C'était *autre chose*. Une représentation mentale tissée avec des fils capables de reproduire un souvenir à la perfection. Une réalité *plus réelle* que la réalité. Combien de temps avait duré cette illusion ? Quelques minutes ou quelques heures ? Était-ce grâce au stylo que m'avait offert Fantine ? Peu importait, au fond. L'essentiel était que, pendant un moment, j'avais retrouvé ma fille. Des retrouvailles brèves et artificielles, mais qui m'avaient fait plus de bien que de mal.

Je sortis de la douche en claquant des dents. J'avais mal partout. Aux côtes, au dos, à la tête. Je retournai dans ma chambre et restai toute la matinée sous les couvertures à me repasser le film de la veille. Puis, toujours au fond de mon lit, j'ouvris mon ordinateur portable pour faire des recherches sur le stylo.

Fabriqués au Japon, les Namiki avaient été distribués en France et en Grande-Bretagne dans les années 1920 par Alfred Dunhill. L'entrepreneur anglais avait été séduit par la beauté des créations de la fabrique nippone, dont l'idée de génie avait été de revêtir les traditionnels stylos en ébonite d'une laque prélevée sur des arbustes abattus aussitôt après la récolte pour être remplacés par de plus jeunes. Ce procédé artisanal, combiné à la complexité des décorations de nacre et de feuille d'or, rendait chaque stylo « unique et magique », selon les dépliants publicitaires de l'époque.

Je m'extirpai de mon lit en milieu d'après-midi, lorsque Mark Rutelli me rendit sa visite hebdomadaire. Tous les lundis, nous avions pris l'habitude de nous parler dans ma cuisine en partageant des blintzes aux pommes de terre et au fromage qu'il achetait chez Hatzlacha, l'épicerie casher du quartier juif de Williamsburg. L'ancien flic avait mené des recherches poussées, notamment sur Hassan, l'homme qui avait passé une partie de la nuit avec moi la veille de la disparition de Carrie, et sur Amelita Diaz, la nounou philippine que l'agence avait envoyée pour la garder.

Si jusqu'à présent les comptes rendus de sa contre-enquête avaient toujours été décevants, Rutelli avait au moins le mérite de ne pas laisser tomber et, à la différence des autres enquêteurs que j'avais pu croiser, il n'avait jamais cru à une quelconque responsabilité de ma part dans la disparition de Carrie.

Cet après-midi-là, je vis tout de suite à son visage qu'il avait du nouveau. Il était débraillé, ses cheveux étaient ébouriffés comme s'il avait dormi dans sa voiture, mais ses yeux cernés brillaient plus qu'à l'ordinaire.

— Vous avez trouvé quelque chose, Mark ?

— Ne vous emballez pas, Flora, conseilla-t-il en s'asseyant sur l'un des tabourets.

Il se délesta posément de son blouson et de son holster qu'il posa à côté de lui sur la table. Malgré ses efforts pour paraître impassible, il n'était pas comme d'habitude. Bien qu'il n'ait pas apporté ses blintzes, je lui servis le reste du vin de la veille avant de m'asseoir à côté de lui.

— Je vais être honnête avec vous, prévint-il en ouvrant un attaché-case en cuir fatigué. J'ai déjà prévenu Perlman, le superviseur du FBI, de ce que je vais vous raconter.

Une douleur fulgurante me déchira le cœur, comme si on venait d'y planter un pieu.

— Qu'est-ce que vous avez découvert, Rutelli ? Parlez, bon Dieu !

Il tira de son cartable un vieux PC portable et un dossier cartonné.

— Laissez-moi le temps de vous expliquer.

J'étais tellement nerveuse que je saisis le verre de meursault et en descendis une bonne moitié. L'ancien flic me regarda en fronçant les sourcils avant de sortir plusieurs tirages photo de sa pochette.

— Je ne vous en ai jamais parlé, mais depuis quelques semaines, j'ai entrepris une filature assez serrée de votre éditrice, expliqua-t-il en étalant devant moi des clichés pris au téléobjectif.

— Fantine ? Mais pourquoi ?

— Pourquoi pas ? Elle fait partie de votre entourage proche et elle avait l'habitude de garder Carrie…

Je regardai les photos. Fantine dans les rues de Greenwich Village, Fantine sortant de son appartement de Soho, Fantine au marché de Union Square, Fantine regardant des sacs à main devant la boutique Celine de

Prince Street. Fantine toujours tirée à quatre épingles.

— Qu'est-ce que cette filature vous a appris ?

— Pas grand-chose, reconnut Rutelli. Du moins jusqu'à hier midi.

Il me montra les deux derniers clichés. On y voyait Fantine, lunettes de soleil sur le nez, vêtue d'un jean et d'une veste de tailleur, derrière la vitrine de ce qui devait être un antiquaire ou une librairie spécialisée dans les livres anciens.

— Il s'agit de The Writer Shop, un magasin de l'East Village.

— Jamais entendu parler.

— Fantine y a acheté un stylo.

J'expliquai au flic qu'il devait s'agir du Dunhill Namiki qu'elle m'avait offert la veille pour me remettre le pied à l'étrier. Très intéressé, il demanda à voir le stylo. Je le lui montrai sans évoquer mon rêve de la nuit précédente. Pas envie de passer pour une folle auprès de mon unique soutien.

— Vous devez savoir quelque chose à propos de ce stylo, reprit le flic. On prétend qu'il a appartenu à Virginia Woolf.

— Quel rapport avec ma fille ?

— J'y viens. The Writer Shop est une boutique spécialisée dans les reliques et les effets personnels d'écrivains célèbres, expliqua Rutelli en connectant sa bécane au site web du magasin. Pour des sommes démentielles vous pouvez vous procurer une des pipes de Simenon ou le fusil avec lequel Hemingway s'est brûlé la cervelle.

Je haussai les épaules.

— C'est typique de l'époque. Il y a de moins en moins de vrais lecteurs. Les gens ne s'intéressent plus à l'œuvre, mais à l'artiste. À sa vie, à sa gueule, à son passé, à ses coucheries, aux conneries qu'il poste sur les réseaux. Tout plutôt que la lecture.

— Ce magasin m'a intrigué, continua le flic. Alors, j'ai un peu gratté. Je suis allé sur place en me faisant passer pour un collectionneur, puis je les ai relancés plusieurs fois par mail.

Il ouvrit son logiciel de messagerie et tourna l'écran vers moi.

— Voici ce que le propriétaire m'a répondu.

5.

De : The Writer Shop - East Village
À : Mark Rutelli
Objet : Extrait de notre catalogue

Cher Monsieur,

Suite à votre demande, vous voudrez bien trouver ci-joint une liste d'objets disponibles à la vente et non présentés sur notre site. Comptant sur votre discrétion, je me tiens à votre disposition pour de plus amples renseignements.

Bien à vous,

Shatan Bogat, directeur

Donatien Alphonse François de Sade (1740-1814)

Deux paysages italiens du peintre Jean-Baptiste Tierce appartenant au Marquis et représentant le décor en ruine de certaines scènes d'orgies décrites dans l'*Histoire de Juliette, ou les Prospérités du vice*.

Honoré de Balzac (1799-1850)

Cafetière en porcelaine de Limoges portant les initiales H.B. ayant appartenu à l'auteur de *La Comédie humaine*. Cette cafetière fut la première alliée de

Balzac – l'écrivain pouvait boire jusqu'à 50 tasses de café quotidiennement et écrivait parfois plus de 18 heures par jour. Mais cet abus de caféine est avancé par certains pour expliquer sa mort précoce à l'âge de 51 ans.

Knut Hamsun (1859-1952)

Photographie du prix Nobel de littérature suédois 1920 en compagnie du chancelier Adolf Hitler.

Marcel Proust (1871-1922)

Du côté de chez Swann. Paris, Bernard Grasset, 1914.

Édition originale (1/5) sur papier Japon impérial ayant appartenu à Mme Céleste Albaret.

Le livre est relié avec l'étoffe en satin bleu du dessus-de-lit de la chambre dans laquelle Marcel Proust passait la plupart de son temps à la fin de sa vie.

Virginia Woolf (1882-1941)

Stylo en laque noire de la marque Dunhill Namiki décoré de motifs japonisants. Offert à l'auteure de *Mrs Dalloway* en 1929 par son amie et amante Vita Sackville-West accompagné d'un mot manuscrit : « Je t'en prie, dans tout ce fatras de la vie, continue d'être une étoile fixe et brillante » et d'un flacon de son « encre magique ». Virginia s'en servit lors de l'écriture de son roman *Orlando*.

James Joyce (1882-1941)

Brouillon d'une des *Dirty Letters*, longtemps censurées, envoyées à sa femme Nora en 1909.

Albert Cohen (1895-1981)

Robe de chambre en soie rouge à pois noirs portée lors de l'écriture de *Ô vous, frères humains*.

Vladimir Nabokov (1899-1977)

Trois doses de morphine injectable (20 mg/ml) ayant appartenu à M. Nabokov.

Jean-Paul Sartre (1905-1980)

Poudre de mescaline et seringue. Utilisées par le philosophe français pour stimuler son imagination lors de l'écriture de sa pièce *Les Séquestrés d'Altona*.

Simone de Beauvoir (1908-1986)

Turban bleu chiné en laine d'alpaga ayant appartenu à Simone de Beauvoir.

William S. Burroughs (1914-1997)

* Revolver de calibre .38.

Arme avec laquelle, le 6 septembre 1951, M. Burroughs tua sa femme, Joan Vollmer Adams. Lors d'une soirée arrosée au Mexique, voulant montrer son adresse au tir et réitérer l'exploit de Guillaume Tell, l'écrivain américain demanda à sa femme de mettre une coupe de champagne sur sa tête puis tira dans sa direction et rata sa cible.

* Joint de cannabis retrouvé dans la poche de la veste de M. Burroughs lors de sa mort par crise cardiaque le 2 août 1997.

Roald Dahl (1916-1990)

Barre chocolatée de la marque Cadbury ayant appartenu à M. Dahl et l'ayant inspiré pour l'écriture de *Charlie et la chocolaterie.*

Truman Capote (1924-1984)

Urne funéraire contenant les cendres de l'auteur de *Breakfast at Tiffany's.*

George R. R. Martin (1948-)

Ordinateur Osborne équipé du logiciel de traitement de texte Wordstar sur lequel fut écrit le premier tome de *Game of Thrones.*

Nathan Fawles (1964-)

Machine à écrire vert amande en bakélite de la marque Olivetti utilisée pour la rédaction d'*Une petite ville américaine*, le roman pour lequel Fawles obtint le prix Pulitzer en 1995 (fournie avec deux rouleaux encreurs).

Romain Ozorski (1965-)

Montre Patek Philippe, Quantième perpétuel réf. 3940G offerte à l'auteur français par sa femme pour fêter la sortie de son roman *L'homme qui disparaît* au printemps 2005. Gravure au dos : *You are at once both the quiet and the confusion of my heart.*

Tom Boyd (1970-)

Ordinateur portable PowerBook 540c offert par son amie Carole Alvarez et sur lequel l'écrivain californien a écrit les deux premiers tomes de *La Trilogie des Anges.*

Flora Conway (1971-)

Chausson rose en velours orné d'un pompon. Pied droit. Appartenant à sa fille Carrie, mystérieusement disparue le 12 avril 2010.

6.

— Qui est le propriétaire de cette boutique ? demandai-je en levant les yeux de l'écran.

— Un certain Shatan Bogat. Un aigrefin, plusieurs fois condamné pour contrefaçon.

— Ça ne m'étonne pas. Je vous parie que la plupart de ces objets sont des faux. Et *a fortiori* le prétendu chausson de ma fille. C'est des conneries, tout ça, Rutelli.

— C'est aussi ce que prétend le FBI. Mais ils vont aller interroger Shatan Bogat pour vérifier.

En quelques minutes, l'excitation avait fait place à l'abattement. Un vrai pétard mouillé. J'avais du mal à cacher ma déception et Rutelli le sentit.

— Je vais vous laisser, Flora. Désolé de vous avoir donné un faux espoir.

Je prétendis que ce n'était pas grave et je le remerciai néanmoins de ses efforts. Avant de partir, il insista pour que je lui confie le « stylo de Virginia Woolf » qu'il désirait « faire analyser ».

Restée seule, j'eus à nouveau envie de disparaître. De me dissoudre. De plonger si profond que jamais plus personne ne viendrait me repêcher. Et pour ce faire, j'enclenchai le même rituel de *shutdown* que la veille : une nouvelle bouteille de vin mélangée à des anxiolytiques. Je ressortis le cahier d'écolier et je regrettai alors d'avoir laissé le stylo à Rutelli, même si je savais très bien que tout ce qui était en train de se mettre en place dans ma tête était un leurre, un mauvais tour que me jouait mon esprit. Il me restait néanmoins le flacon d'encre. *L'encre magique*. Je l'ouvris et trempai mon index dans le liquide aux reflets acajou. Avec mon doigt, je traçai en plusieurs fois sur une double page un message aux lettres grossières.

JE VEUX REVOIR CARRIE
UNE HEURE AVANT SA DISPARITION

J'étais pénétrée par une sorte de pensée magique : l'idée farfelue que ce rituel pouvait m'offrir une fenêtre sur le passé en me projetant le jour de la disparition de ma fille. Sous l'emprise de mon cocktail soporifique, je déambulai dans l'appartement avant de m'affaler sur mon lit. La nuit était tombée derrière les vitres. La pièce et mon esprit étaient enfouis dans la pénombre. Je sentis mes idées se brouiller. Je divaguais. La réalité se tordait pour laisser place à des images étranges. Un liftier comme on en voyait autrefois dans les grands hôtels apparut soudain dans mon songe. Vêtu d'une veste vermillon brodée avec galons et boutons dorés, il avait une tête effrayante, exagérément allongée, avec des oreilles difformes et des dents immenses qui le faisaient ressembler à un lapin.

— Vous savez, quoi que vous fassiez, vous ne changerez pas la fin de l'histoire, me prévint-il en ouvrant la porte grillagée de l'ascenseur.

— Je suis écrivain, répondis-je en pénétrant dans la cabine. C'est moi qui décide de la fin de l'histoire.

— Dans vos romans peut-être, mais pas dans la réalité. Les écrivains cherchent à contrôler le monde, mais parfois le monde ne se laisse pas faire.

— Descendons quand même, voulez-vous ?

— Le trente-sixième sous-sol, n'est-ce pas ? demanda-t-il en refermant les portes.

4

Le fusil de Tchekhov

Tout se paie dans la vie, il n'y a que la mort qui est gratuite et encore, elle vous coûte la vie.

Elfriede JELINEK

1.

C'est un bel après-midi, clair et ensoleillé, comme New York en offre beaucoup au printemps. Le hall de la Montessori School de McCarren Park est baigné de soleil. Certains parents qui patientent dans le couloir ont gardé leurs lunettes fumées. Soudain une porte s'ouvre et une vingtaine d'enfants de trois à six ans s'échappent de leur classe en riant et chahutant. J'attrape Carrie à la volée et nous sortons dans la rue. Elle est de bonne humeur, mais refuse de s'asseoir dans sa poussette et insiste pour marcher à mes côtés. Comme Carrie s'arrête tous les trois pas, nous mettons presque une demi-heure pour nous rendre chez Marcello's à l'angle de Broadway. Carrie choisit avec méticulosité sa compote et son cannolo qu'elle engloutit avant même que nous soyons rentrées au Lancaster.

— J'ai quelque chose pour toi, ma jolie, lui lance Trevor Fuller Jones, notre nouveau gardien, lorsque nous arrivons dans le lobby.

Il tend à Carrie une sucette au miel et au sésame en lui faisant promettre de ne pas la manger tout de suite. Puis il lui dit combien elle est chanceuse d'avoir une maman romancière qui doit lui raconter de belles histoires le soir dans son lit.

— Pour dire une chose pareille, vous n'avez jamais dû ouvrir un de mes romans.

— C'est vrai, admet Trevor, avec le boulot, je n'ai pas le temps de lire.

— Vous ne prenez pas le temps de lire, ce n'est pas pareil, je lui réponds alors que les portes de l'ascenseur se referment.

Selon notre rituel bien établi, je soulève Carrie pour qu'elle puisse appuyer sur le bouton du sixième étage, le dernier. La cabine se met en branle dans un grincement métallique qui, depuis longtemps, ne nous effraie plus ni l'une ni l'autre.

À peine arrivée dans l'appartement, Carrie, fidèle aux bonnes habitudes, enlève ses baskets pour enfiler ses chaussons rose pâle ornés de pompons cotonneux. Elle me suit jusqu'au meuble audio, me regarde poser un vinyle sur la platine – le deuxième mouvement du concerto en *sol* de Ravel – tout en applaudissant à la perspective de la musique à venir. Elle reste ensuite quelques minutes accrochée à mes basques, en attendant que je termine d'étendre le linge, puis elle me réclame une partie de cache-cache.

[Je suis fébrile. Je sens que cette dilatation temporelle est fragile comme une bulle de savon. Et j'ai peur que cette fenêtre sur le passé se referme soudain avant que j'aie appris quelque chose de nouveau.]

— D'accord, chérie.

— Va dans ta chambre et compte jusqu'à 20 !

Carrie me suit dans la pièce pour vérifier que je me tourne bien en direction du mur et que je ferme les yeux.

— Ne triche pas, maman ! me gronde-t-elle avant de partir se cacher.

Les mains sur les yeux, je commence à compter à voix haute.

— Un, deux, trois…

J'entends le bruit feutré des petits pas de Carrie sur le parquet. Elle vient de quitter la chambre. Mon cœur se serre.

— … quatre, cinq, six…

Au milieu des notes cristallines de l'adagio, je l'entends traverser le salon, bousculer le fauteuil Eames qui trône face à la verrière. Alanguie, planante, la musique a quelque chose d'hypnotique qui menace de vous plonger dans les limbes.

— … sept, huit, neuf…

J'ouvre les yeux.

Je passe une tête dans le salon juste au moment où Carrie tourne dans le couloir. Il ne faut pas que je la perde de vue. Pour ne pas lui mettre la puce à l'oreille, je continue à compter.

— … dix, onze, douze, treize…

À mon tour, je traverse le living. Le soleil derrière les gratte-ciel distille une lumière irréelle. Un voile lumineux qui baigne tout l'appartement. Je risque un coup d'œil dans le couloir sans me faire repérer.

— … quatorze, quinze, seize…

Avec ses petits bras, Carrie a ouvert le placard à balais. Je la vois se faufiler à l'intérieur. C'est pourtant impossible ! Vingt fois j'ai regardé dans ce maudit placard.

— … dix-sept, dix-huit, dix-neuf…

Je m'avance dans le couloir. La lumière inonde l'espace. Je plisse les yeux. Mon cœur s'emballe. La vérité est là, à portée de main. Toute proche.

— Vingt.

Lorsque j'ouvre la porte du placard, un rideau de poussière d'or tourbillonne devant mes yeux. Une nuée ambrée, puissante, aveuglante, d'où émerge la silhouette d'un homme-lapin habillé en groom. Lorsqu'il ouvre sa bouche hideuse, c'est pour me mettre en garde :

— Quoi que vous fassiez, vous ne changerez JAMAIS la fin de l'histoire !

Avant de partir dans un atroce éclat de rire.

2.

Je me réveillai en sursaut, terrorisée, le corps en travers du lit. La chambre était une étuve. Je me levai pour éteindre la soufflerie du chauffage, mais me recouchai immédiatement. J'avais la gorge sèche, les paupières gonflées et un étau enserrait mes tempes. Plus vrai que la réalité, le cauchemar m'avait laissée hagarde et essoufflée, comme si j'avais couru toute la nuit. Je restai allongée un quart d'heure, mais loin de se calmer la migraine s'intensifia jusqu'à devenir insupportable. Je me forçai à me lever pour rejoindre la salle de bains et attrapai deux comprimés de Diclofénac que je fis descendre avec plusieurs verres d'eau. Mon cou était paralysé et une sorte d'arthrite irradiait dans mes doigts que je frictionnai avec mes paumes. Tout ça ne pouvait pas continuer ainsi.

La sonnerie répétée du visiophone me vrilla les tympans. Lorsque j'appuyai sur l'interrupteur je vis apparaître à l'écran le visage de Trevor, le gardien du Lancaster.

— Les journalistes sont de retour, madame Conway.

Les emmerdes ne s'arrêtent donc jamais.

— Quels journalistes ?

— Vous savez bien.

Je me massai les tempes pour atténuer la douleur qui pulsait dans tout mon crâne.

— Ils voudraient une réaction de votre part. Que dois-je leur répondre ?

— D'aller se faire foutre.

Je raccrochai et partis chercher mes lunettes de vue dans le salon avant de regarder à la fenêtre.

Trevor avait raison. Un attroupement d'une vingtaine de personnes faisait le siège du Lancaster depuis le trottoir d'en face. Charognards, rats, vautours : toujours le même bestiaire peu ragoûtant qui revenait à intervalles réguliers se repaître de la disparition de ma petite fille. Je me demandai comment on en arrivait là dans une trajectoire personnelle. Comment on finissait par faire ce job tous les jours, ce qu'on se faisait croire pour se donner bonne conscience ou ce que ces mecs racontaient le soir à leurs enfants pour justifier leur journée.

Pourquoi revenaient-ils en masse justement aujourd'hui ?

Je mis la main sur mon téléphone pour voir si j'avais des messages, mais sa batterie était vide. Alors que je le branchais sur son chargeur, je constatai que Rutelli avait oublié son arme dans son étui sur le plan de travail de la cuisine. Je détournai mon regard du Glock – les armes m'ont toujours terrifiée – et allumai la télévision pour zapper sur les chaînes d'infos.

Et je n'eus pas à chercher très longtemps :

Les suites de l'affaire de la disparition de la petite Carrie Conway. L'homme d'une cinquantaine d'années qui avait été interpellé dans la soirée vient d'être remis en liberté sans qu'aucune charge ait été retenue contre lui. Shatan Bogat, propriétaire d'un magasin d'antiquités dans le quartier de l'East Village, avait commercialisé dans sa boutique un chausson prétendument porté par Carrie Conway le jour de sa disparition. L'objet s'est révélé être un faux et M. Bogat a plaidé la blague de mauvais goût. Retour donc à la case départ pour cette enquête qui…

J'éteignis le téléviseur. J'avais tenu deux minutes. De toute façon, jamais je n'avais cru à cette piste fantaisiste. Lorsque je rallumai mon téléphone, il était surchargé de messages de Rutelli qui me demandait de le rappeler.

— Bonjour Mark.

— Flora ? Ils ont relâché Shatan Bogat !

— Je sais, répondis-je en soupirant. Je viens d'écouter les infos. Vous savez que vous avez oublié votre flingue chez moi ?

Rutelli ignora ma remarque :

— Ils font une grosse erreur, Flora ! Le stylo !

— Quoi le stylo ?

— J'ai fait analyser le stylo que vous m'avez donné par un laboratoire privé.

— Déjà ! Et alors ?

— Ce n'est pas le stylo qui pose un problème…

Je savais ce qu'il allait ajouter : *c'est l'encre.*

— C'est l'encre, affirma-t-il. La composition de l'encre.

— Qu'est-ce qui cloche ?

À présent, je m'attendais à tout.

— On y trouve de l'eau, des colorants, de l'éthylène glycol, mais aussi… du sang.

— Du sang humain ?

— Le labo est formel, Flora : il s'agit du sang de votre fille.

3.

Un vertige.

Un engrenage dont les roues n'avaient de cesse de me broyer.

Je raccrochai. Tout mon corps s'était crispé. Je manquais d'air. J'aurais aimé ouvrir les fenêtres, mais elles étaient scellées. Il fallait que tout ça s'arrête. Cette rumination mentale, cette errance, ces coups de théâtre improbables. Ces montagnes russes émotionnelles.

Je sortis maladroitement le pistolet de Rutelli de son holster et vérifiai qu'il était chargé. Beaucoup de romanciers le savent : il existe un principe dramaturgique dans la fiction connu sous le nom de fusil de Tchekhov. « Si dans le premier acte vous dites qu'il y a un fusil accroché au mur, prévient le dramaturge russe, alors il faut absolument qu'un coup de feu soit tiré avec au second ou au troisième acte. » Et c'est exactement ce que je ressentais à cet instant : l'impression que quelqu'un avait posé cette arme ici pour que je m'en empare.

Le Glock dans la main, je filai sur le toit de l'immeuble où je fus accueillie par un vent revigorant et la rumeur de la ville qui montait vers le ciel. Je fis quelques pas sur le *rooftop*. Le revêtement synthétique de l'ancien terrain de badminton était en train de s'écailler. Les jardinières dans lesquelles nous cultivions des légumes avec Carrie étaient envahies par les mauvaises herbes.

Mais l'air frais dégrippa quelque chose dans mon cerveau et me permit de mieux réfléchir. Il fallait à présent que je laisse de côté mes sentiments et mon émotivité et que je fasse uniquement appel à la raison. Depuis le début, quelque chose ne cadrait pas. L'histoire était viciée dès la racine. Si l'appartement était bouclé de l'intérieur, il était totalement irrationnel que l'on n'ait pas retrouvé Carrie. C'était tout bonnement *impossible*.

Je songeai à l'assertion de Conan Doyle : lorsque vous avez éliminé l'impossible, ce qui reste, si improbable soit-il, est nécessairement la vérité. Mais alors quelle était l'explication ? Peut-être que je souffrais d'une maladie mentale, peut-être que je naviguais dans un délire médicamenteux ou un coma après une expérience de mort imminente. Peut-être que j'avais des pertes de mémoire ou un Alzheimer précoce. J'étais prête à ne rejeter aucune hypothèse, mais je sentais bien qu'il ne s'agissait pas de ça.

Le temps s'était couvert, les nuages s'accumulaient. Une succession de rafales de vent firent trembler la haie de canisses qui entourait la terrasse.

Quelque chose m'échappait. Pas un détail, non. Quelque chose de beaucoup plus fondamental. Comme si, depuis le début, un écran de fumée m'empêchait de voir la réalité en face. Depuis le début, sans être paranoïaque, j'avais eu fréquemment cette impression désagréable que quelqu'un m'observait, voire décidait de mes actes à ma place. La sensation était difficile à rationaliser, mais pour la première fois, je sentis que je venais d'ouvrir une brèche dans la surface des choses.

J'essayai de préciser mon ressenti. D'où venait cette sensation que l'histoire était déjà écrite ? Que je n'avais pas de prise sur la réalité qui m'entourait ? Et surtout que quelqu'un tirait les ficelles et me manipulait comme sa marionnette ? Voilà, j'étais manipulée.

Mais par qui ?

Un autre sentiment, très prégnant, ne cessait de grandir jour après jour : celui d'être prisonnière. Depuis combien de mois n'étais-je pas sortie de mon appartement ? La raison que j'avançais était ma volonté d'échapper à la traque des journalistes et d'être présente si par hasard Carrie réapparaissait, mais cette excuse ne tenait pas la route. Qu'est-ce qui m'empêchait *réellement* de sortir ?

Une image s'imposa dans mon esprit : l'allégorie de la caverne de Platon. La condition humaine nous condamne à vivre dans l'ignorance, prisonnier d'idées fausses, enfermé dans une grotte, aveuglé par les manœuvres des intrigants qui projettent des ombres illusoires que nous tenons pour la vérité.

Comme les hommes décrits par Platon, captifs au fond de leur caverne, j'étais enchaînée dans mon appartement. Et, comme eux, je ne voyais pas le monde dans sa réalité. Je n'en percevais que les silhouettes mouvantes découpées par un soleil trompeur. Des bribes, des échos.

C'était ça, j'étais aveuglée.

Je m'accrochai bec et ongles à cette idée : quelque chose ou quelqu'un me faisait intentionnellement percevoir le monde de manière erronée. La réalité était différente de ce que j'avais cru et j'avais jusqu'à présent vécu dans le mensonge.

Quel qu'en soit le prix, il fallait que je déchire le voile de cette ignorance.

Les bruits de la ville résonnaient de plus en plus fort à mes oreilles. Les coups de klaxon, les sirènes de police, le fracas des grues et des marteaux-piqueurs des ouvriers qui travaillaient sur le chantier d'un immeuble voisin. Une menace planait dans l'air. J'avais peur de ce que je pouvais découvrir. La peur des prisonniers une fois sortis de leur caverne, lorsqu'ils se rendent compte que l'obscurité est confortable et que la lumière les fait souffrir.

À présent, je n'étais plus sûre de rien. « Personne ne peut savoir si le monde est fantastique ou réel, et non plus s'il existe une différence entre rêver et vivre. » La phrase de Borges me revint en mémoire et raviva en moi cette impression que la réalité n'était qu'un vernis.

À nouveau, je sentis une présence très forte autour de moi, même si je savais très bien que j'étais physiquement seule sur le toit. L'emprise était invisible, exercée par un Autre.

Un marionnettiste.

Un ennemi.

Un fils de pute.

Un *romancier*.

Autour de moi, le paysage familier se mit brièvement à vibrer. Puis tout se figea et m'apparut avec beaucoup plus d'acuité : les docks des chantiers navals, la haute cheminée en briques rouges de l'ancienne raffinerie de sucre, l'imposante passerelle d'acier du Williamsburg Bridge qui enjambait l'East River.

L'évidence s'était doucement imposée d'elle-même. J'étais le jouet d'un écrivain. J'étais un personnage de roman. Derrière sa machine à écrire ou plus vraisemblablement derrière l'écran de son traitement de texte, quelqu'un était en train de jouer avec ma vie.

J'avais débusqué l'ennemi. Je connaissais bien ses ruses, car j'exerçais le même métier que lui. Ce qui me donnait une certitude : je venais de déjouer ses plans. Le marionnettiste ne s'attendait pas à être démasqué et il était en train d'emmêler les fils reliés à sa croix d'attelle.

Une fenêtre de tir imprévue venait de s'ouvrir. La fenêtre de tous les possibles : celle qui donnait la possibilité de changer la fin de l'histoire. Il fallait que je trouve un moyen de renverser la table. Et pour échapper à son contrôle, je n'avais d'autre choix que de le faire entrer dans le jeu.

Je sortis l'arme de Rutelli de mon blouson. Pour la première fois depuis longtemps, j'avais l'impression d'avoir gagné quelques degrés de liberté. Je sentais bien que le mec derrière son écran n'avait pas prévu que je fasse ça. Quoi qu'ils en disent, les romanciers n'aiment pas que leurs personnages leur mettent un couteau sous la gorge.

Je posai le canon du Glock sur ma tempe.

À nouveau, des images saccadées dansèrent devant mes yeux, comme si le paysage autour de moi était en train de se déformer.

Avant qu'il ne disparaisse totalement, je posai le doigt sur la queue de détente et interpellai le type derrière son écran en hurlant :

— JE TE LAISSE TROIS SECONDES POUR M'EMPÊCHER DE FAIRE ÇA : UN, DEUX, TR…

UN PERSONNAGE DE ROMA(I)N

5

La concordance des temps

Écrire un roman n'est pas très difficile […] Ce qui est particulièrement ardu, c'est d'écrire des romans encore et encore. […] Il faut disposer d'une capacité particulière, qui est certainement un peu différente du simple talent.

Haruki MURAKAMI

Je posai le canon du Glock sur ma tempe.

À nouveau, des images saccadées dansèrent devant mes yeux comme si le paysage autour de moi était en train de se déformer.

Avant qu'il ne disparaisse totalement, je posai le doigt sur la queue de détente et interpellai le type derrière son écran en hurlant :

— JE TE LAISSE TROIS SECONDES POUR M'EMPÊCHER DE FAIRE ÇA : UN, DEUX, TR...

1.

Paris, lundi 11 octobre 2010

Pris de panique, je refermai l'écran de mon ordinateur d'un claquement brusque. Assis sur ma chaise, le front brûlant, j'étais parcouru de frissons. Mes yeux piquaient et une douleur aiguë me paralysait l'épaule et le cou.

Bordel, c'était la première fois qu'un de mes personnages m'interpellait directement au cours de l'écriture d'un roman !

Je m'appelle Romain Ozorski. J'ai quarante-cinq ans. J'écris depuis toujours. Mon premier manuscrit, *Les Messagers*, a été publié lorsque j'avais vingt et un ans et que j'étais encore étudiant en médecine. Depuis j'ai écrit dix-huit autres romans qui sont tous devenus des best-sellers. Depuis plus de vingt ans, tous les matins j'allume mon ordinateur, je lance mon traitement de texte et je quitte la médiocrité du monde pour m'évader dans mes vies parallèles. Écrire n'a jamais été pour moi un loisir. C'est un engagement total. « Une manière spéciale de vivre », disait Flaubert ; « Une drogue », renchérissait Lobo Antunes : « On commence pour le plaisir, on finit par organiser sa vie autour de son vice. »

Je travaille donc tous les jours, du matin au soir, sans attendre une prétendue « inspiration » pour me mettre à l'ouvrage. C'est même le contraire : c'est parce que je travaille que l'inspiration finit généralement par se pointer. J'aime cette discipline, cette obstination, cette exigence. Rien n'est facile, rien n'est acquis. Le vertige vous guette toujours : jamais vous ne pouvez savoir vers quoi l'écriture va vous conduire.

À raison de six heures d'écriture par jour – hypothèse basse – j'avais largement dépassé le cap des quarante-cinq mille heures de travail. Quarante-cinq mille heures à vivre au milieu de personnages de papier. Ce qui faisait peut-être de moi un « inadapté à la vie réelle » (selon ma future ex-femme), mais aussi quelqu'un qui pouvait prétendre en connaître un rayon dans le domaine de la fiction. Et ce qui venait de se passer ne m'était encore jamais arrivé. J'avais beau répéter à longueur d'interview que le moment le plus excitant de l'écriture était lorsque vos personnages s'autonomisaient et se mettaient à avoir envie de faire des choses auxquelles vous ne les prédestiniez pas forcément, jamais je n'avais pensé me retrouver un jour dans cette situation.

Décidé à ne pas rester sur un échec, je relançai mon traitement de texte et fis une nouvelle tentative pour poursuivre mon récit.

`Avant qu'il ne disparaisse totalement, je posai le doigt sur la queue de détente et interpellai le type derrière son écran en hurlant :`

`— JE TE LAISSE TROIS SECONDES POUR M'EMPÊCHER DE FAIRE ÇA : UN, DEUX, TR…`

J'essayai de reprendre le fil de l'histoire, mais chaque clignotement du curseur sur l'écran était une petite entaille dans ma pupille. Tétanisé, j'étais incapable d'affronter cette situation.

Il y a deux grandes façons d'écrire un roman. Pendant longtemps, j'avais joué la sécurité. Tel un horloger, je passais plusieurs mois à élaborer un plan très complet. Je remplissais des cahiers sur lesquels tout était méticuleusement détaillé : l'intrigue, les rebondissements, la biographie des personnages, la documentation. À la fin de ce travail préparatoire, il ne me restait plus qu'à reprendre mes carnets et à suivre scrupuleusement le déroulé de mon histoire. Comme disait Giono : « Le livre est presque fait, il n'y a plus qu'à l'écrire. » Mais à quoi bon écrire une histoire dont on connaît déjà le dénouement ? Avec les années, ma méthode de travail avait changé. Désormais, je cherchais à me surprendre en me racontant l'histoire à moi-même au fil de l'écriture. J'aimais cette idée de me lancer sans connaître le fin mot de l'intrigue. C'était la « méthode Stephen King », qui pensait que les histoires préexistaient à elles-mêmes. Qu'elles étaient comme des fossiles dans le sol que le romancier devait déterrer au fil de l'écriture sans savoir s'il s'agissait d'un squelette de dinosaure ou de raton laveur.

C'était cette voie que j'avais choisie pour ce nouveau roman dont le titre provisoire était *La Troisième Face du miroir*. J'étais parti d'une situation simple (la disparition d'une enfant) et j'étais resté ouvert aux suggestions de mes personnages. Tous ne sont pas faits de la même étoffe. Certains sont des feignasses de première, des acteurs stars qui se contentent de réciter leur texte sans vous donner le moindre coup de main. D'autres au contraire essaient de mener la danse et de vous faire dévier de votre trajectoire. Mais cette fois, ça allait trop loin. Flora Conway ne s'était pas seulement rebellée, elle m'avait démasqué.

Les gouttes de pluie tambourinaient sur les vitres dans un bruit d'enfer. Depuis trois jours, une grippe carabinée m'abrutissait, avec des poussées de fièvre et une toux qui me faisait cracher mes poumons. Je passais mes journées entortillé dans un plaid en vigogne oublié par ma femme lorsqu'elle m'avait quitté, alternant entre le canapé du salon et mon ordinateur, entre Doliprane et vitamine C. Pendant un quart d'heure, je restai prostré sur ma chaise en fixant mon écran et en repensant aux quatre chapitres que j'avais écrits, mais plus je m'obstinais, plus l'inquiétude montait en moi. L'image de Flora Conway et de son flingue m'effrayait tellement que je renonçai et me levai pour me préparer un café.

2.

Coup d'œil à l'horloge murale. Bientôt seize heures. Attention à ne pas rater la sortie d'école de Théo. Pendant que la cafetière chauffait, je regardai le bout de jardin par la fenêtre. Le ciel était noir. Il tombait des cordes depuis le début de la matinée. Un automne parisien bien dégueulasse.

Pour ne rien arranger, la chaudière était en rade et le salon glacial. Une énorme fuite d'eau dans la toiture et les plombs qui disjonctaient quotidiennement me donnaient l'impression de vivre dans un gourbi. J'avais pourtant acheté cette maison une fortune à un couple de petits vieux qui y avaient passé soixante années de vie commune. Sur le papier, c'était une demeure idyllique comme j'en avais toujours rêvé pour y élever des enfants. Deux étages lumineux avec jardin, pas très loin du Luxembourg. Mais l'habitation était « dans son jus » et nécessitait des travaux considérables que je n'avais plus les moyens d'entreprendre. Ni l'envie.

J'en avais fait l'acquisition un an plus tôt, trois mois à peine avant qu'Almine m'annonce qu'elle me quittait. En partant, ma femme avait aussi dénoncé nos comptes joints et, désormais, je ne pouvais plus dépenser un seul centime sans son accord. Cette décision paralysait ma vie, car Almine n'était pas coopérative. Elle se faisait même un plaisir de refuser toutes mes demandes, et je n'avais ni moyen de pression ni monnaie d'échange : bien longtemps avant que l'orage éclate, elle avait pris la précaution de transférer sur un compte personnel de quoi couvrir ses besoins jusqu'à ce que notre divorce soit prononcé.

Chaque jour, je prenais davantage conscience de combien son départ avait été soigneusement prémédité pour me donner le mauvais rôle. Pendant plus de six mois avant qu'elle m'annonce son intention de divorcer, Almine s'était presque quotidiennement envoyé des SMS injurieux qu'elle écrivait depuis mon propre téléphone pour faire croire que j'en étais l'auteur. Des tombereaux d'injures et de menaces qui la concernaient, ainsi que notre fils Théo. Tout y passait : « sale conne », « salope », « grosse pute », « je ne te laisserai jamais partir », « je finirai par te faire la peau. À toi et à ton gamin », « je vais te crever et ensuite je baiserai ton cadavre ».

Voilà le genre de propos qu'elle et ses avocats avaient fait fuiter dans la presse. Naïf et peu méfiant, je laissais traîner mon portable n'importe où et je n'avais pas changé mon mot de passe depuis dix ans. Je ne m'étais aperçu de rien, car après les avoir envoyés, elle veillait à effacer les messages sur mon terminal. Almine s'était ainsi constitué un répertoire de textos sordides qui avaient été des pièces à conviction accablantes dans ma disgrâce.

Et puis il y avait la vidéo. La cerise sur le gâteau. Trente secondes qui s'étaient retrouvées quelque temps sur YouTube – à cause d'un prétendu piratage du téléphone d'Almine. On m'y voit débarquer dans ma cuisine à sept heures et demie du matin pendant que ma femme et Théo sont en train de prendre leur petit déjeuner avant de partir pour l'école. Je suis en caleçon, avec un tee-shirt Mötley Crüe à la propreté douteuse, j'ai une barbe de trois semaines et une coupe de cheveux « déstructurée ». Mes yeux sont cernés et défoncés comme si je venais de fumer trois pétards d'affilée. Une bouteille de bière à la main, j'ouvre le réfrigérateur et m'agace qu'il soit encore en panne. La vidéo se termine par le grand coup de pied que je balance dans l'appareil en maugréant un « fais chier ! » qui fait sursauter mon fils. Trente secondes dévastatrices montées pour me faire passer pour un tyran domestique. Plusieurs centaines de milliers de vues sur internet avant que la vidéo soit retirée. J'avais publié un texte pour me défendre et expliquer le contexte du film. À cette époque, j'étais cloîtré chez moi, en pleine période d'écriture (d'où le look négligé). Pour plus d'efficacité, je travaillais en journée décalée, de vingt heures à treize heures, et je dormais l'après-midi (d'où la bière à sept heures du matin, horaire qui correspondait à l'heure à laquelle je prenais mon déjeuner).

Mais cette défense n'avait servi qu'à m'enfoncer. L'époque avait depuis longtemps acté la défaite de l'écrit. Je ne maîtrisais ni le son ni l'image et, à l'inverse de ma femme, je ne comprenais rien aux réseaux sociaux, aux *likes* et à la mise en valeur de soi.

En avril dernier, Almine avait donc officiellement demandé le divorce, et cet été, elle avait porté plainte contre moi pour menaces de violences et harcèlement. Dans une interview pleine de mensonges et de mauvaise foi, elle avait expliqué qu'elle m'avait quitté à cause de mes « absences », de mes « accès de colère », et avait prétendu être « terrorisée » par les menaces que je faisais planer sur notre fils. Au début de l'automne, j'avais subi quarante-huit heures de garde à vue au commissariat du sixième arrondissement et une confrontation avec Almine qui n'avait débouché sur rien. J'en étais ressorti sous contrôle judiciaire, dans l'attente de mon procès prévu à la fin de l'hiver.

J'avais échappé de peu à l'injonction de soins, mais j'avais l'interdiction d'entrer en contact avec Almine. Et surtout, le tribunal des affaires familiales – qui s'était engouffré sans se poser la moindre question dans les affabulations de ma femme – avait limité mon droit de visite « pour préserver le bien-être » de Théo. En gros, je pouvais voir mon fils une fois par semaine pendant une heure en présence et sous le contrôle d'un travailleur social. Cette décision m'avait d'abord rendu fou de rage avant de me plonger dans un abîme de tristesse.

Seize heures passées. J'avalai mon café, enfilai mon imperméable et une casquette de base-ball à longue visière avant de quitter la maison. Il pleuvait toujours à torrents. Dans la rue Notre-Dame-des-Champs, c'était la pagaille habituelle de la sortie des écoles, amplifiée aujourd'hui par le déluge et les grèves intermittentes contre la réforme des retraites.

L'école de mon fils était à moins d'un kilomètre à pied. Le paracétamol commençait à faire effet et j'avais retrouvé un peu d'allant. J'avais bien conscience de vivre la plus grande crise de ma vie. Un piège auquel je ne m'étais pas préparé. Incapables de me défendre, mes deux avocats s'étaient résignés à ce que je perde la garde de mon fils. « L'époque joue contre nous », m'expliquaient-ils, ce qui m'avait mis hors de moi. Qu'est-ce que l'époque venait foutre là ? Toute cette histoire n'était qu'une mise en scène et un odieux mensonge. Sauf que c'était très difficile à prouver. Et que je me sentais un peu seul dans la bataille.

3.

Sur le trottoir, je me faufilai entre les piétons, les poussettes et les trottinettes tout en me repassant pour la énième fois le film de ma vie avec Almine. Je l'avais rencontrée fin 2000, l'année où j'avais vécu six mois à Londres pour écrire le scénario d'une série télé qui n'avait jamais vu le jour. Almine Alexander était une ancienne élève prometteuse du Royal Ballet qui s'était reconvertie dans le mannequinat. Elle s'était toujours revendiquée « fantasque ». Au début de notre relation, ce trait de caractère avait du charme. Il avait mis de la passion et du piquant dans mon existence trop bien réglée et évacué pour un temps la routine artisanale qui réglait mes journées. Puis, le temps passant, je m'étais rendu compte qu'à long terme, le synonyme de « fantasque » est « instable ». Rapidement, je n'avais plus eu envie de partager ma vie avec une despote impulsive, mais elle refusa la rupture, et notre mariage entra dans les très classiques montagnes russes des relations déclinantes. Elle tomba enceinte quelque temps plus tard et l'arrivée de Théo me fit mettre mes griefs de côté, car je n'envisageais pas de ne pas voir mon fils tous les jours, et je voulais qu'il grandisse dans une famille unie.

Nous nous étions donc réconciliés – du moins c'est ce que j'avais eu la naïveté de penser –, même si Almine n'avait jamais réellement cessé sa litanie de reproches. Au début, ça l'avait amusée de vivre avec un écrivain, d'être ma première lectrice, de participer un peu au grand Meccano de la création d'une fiction. Mais sur la durée, c'était nettement moins drôle. Je reconnais volontiers que, la plupart du temps, j'étais plongé dans une sorte d'univers parallèle habité par des êtres imaginaires dont les problèmes m'accaparaient nuit et jour.

Et l'expérience ne faisait rien à l'affaire. J'avais beau être l'auteur de près de vingt romans, je ne connaissais toujours pas le mode d'emploi pour écrire un livre. Pour la bonne et simple raison que celui-ci n'existait pas. Chaque fois, il fallait tout réapprendre. Chaque fois, je me demandais comment j'avais fait les fois précédentes. Chaque fois, c'était se retrouver pieds nus devant l'Himalaya. Chaque fois, il m'en coûtait même davantage d'extraire à nouveau quelque chose de moi pour le restituer à travers la fiction.

L'absence de règles et l'inattendu qui pouvait surgir au détour d'une page faisaient tout le sel et le vertige de l'écriture, mais ils en faisaient aussi la terreur. Le doute et l'insécurité qui ne cessaient de m'habiter pouvaient expliquer bien des choses, mais en aucun cas justifier le piège pervers tendu par Almine.

Avenue de l'Observatoire, devant le portail de l'école, je retrouvai la seule alliée que j'avais désormais dans ma vie : Kadija Jebabli, la nounou de Théo depuis qu'il était petit. Kadija était une Franco-Marocaine d'une cinquantaine d'années. La première fois où j'avais croisé sa route, elle travaillait comme vendeuse chez un primeur de la rue de Grenelle. Au détour de la conversation, elle m'avait dit qu'elle était disponible pour faire du baby-sitting. Je l'avais employée quelques heures et j'avais eu immédiatement confiance en elle. Une semaine plus tard, je l'embauchais à temps plein.

Elle seule connaissait la vérité. Elle seule m'avait gardé sa confiance. Kadija savait que j'étais un bon père. Ayant été à de multiples reprises témoin des excentricités d'Almine et de ses dérives, elle ne croyait pas ses élucubrations contre moi. Spontanément, elle avait proposé de témoigner en ma faveur, mais je l'en avais dissuadée. D'abord parce que je ne pensais pas que son témoignage aurait suffisamment de poids face à la rouerie de l'autre bord. Mais surtout parce que je souhaitais qu'une personne de confiance reste auprès de Théo en mon absence. Et prendre ainsi parti lui aurait valu un renvoi immédiat.

— Bonjour, Kadija.

— Bonjour.

Je vis tout de suite que quelque chose n'allait pas. Chaque après-midi, sans que personne soit au courant, Kadija m'accordait une heure de tête-à-tête avec Théo à la sortie de l'école. C'était l'heure magique. Celle qui me tenait debout et m'empêchait de sombrer. Mais aujourd'hui, son visage fermé me laissait présager le pire.

— Qu'est-ce qui se passe, Kadija ?

— Almine a l'intention de partir pour les États-Unis.

— En emmenant Théo ?

La nounou acquiesça de la tête. Elle me montra sur son téléphone plusieurs photos qu'elle avait prises de l'écran de l'ordinateur d'Almine. Connecté sur le site d'Air France, le navigateur portait la trace de la commande de trois billets d'avion sans retour pour New York à la date du 21 décembre. Le premier jour des vacances scolaires. Un pour elle, un pour Théo et le troisième pour une certaine Zoé Domont.

Je savais de quoi il s'agissait. Depuis quelques mois, une nouvelle lubie s'était emparée d'Almine : larguer les amarres et aller vivre dans un hameau écologique de Pennsylvanie. C'était cette femme, Zoé Domont – une instit de Lausanne rencontrée deux ans auparavant à Genève lors d'une contre-manifestation au Forum de Davos –, qui lui avait mis cette idée dans la tête. En soi, je n'avais rien contre, sauf si cela signifiait mettre six mille kilomètres et un océan entre mon fils et moi.

La nouvelle me prit aux tripes, mais comme Théo venait de sortir de l'école et traversait pour nous rejoindre, je me composai une tête joyeuse afin de ne pas l'inquiéter.

— Salut, Théo !

— Salut, papa ! cria-t-il en me sautant au cou.

Je le gardai contre moi longtemps, me shootant à l'odeur de ses cheveux et de son cou. Dans la grisaille du jour finissant, je m'accrochai à ces effluves tièdes et rassurants. Théo était un petit blondinet, toujours de bonne humeur, dont les yeux clairs pétillaient derrière ses lunettes rondes bleu marine. Pour moi, il était l'« invincible été » au milieu de l'hiver dont parle Camus. Une piqûre qui me rappelait qu'un seul de ses sourires pourrait toujours briser les murs ambulants de ma tristessc.

— J'ai faim !

— Moi aussi !

À cette heure-ci, notre quartier général était Les Trois Sorcières, un *coffee shop* au croisement de l'avenue de l'Observatoire et de la rue Michelet tenu par un jeune Italien que tout le monde appelait Marcello. C'est là qu'après l'avoir regardé engloutir une compote et un cannolo au citron, je lui faisais faire ses devoirs. C'était l'époque merveilleuse des premières pages de lecture, des premières dictées, des récitations de Paul Fort, Claude Roy ou Jacques Prévert qui parlaient d'un petit cheval pris « dans le mauvais temps » ou de l'enterrement d'une feuille morte auquel « deux escargots s'en vont ».

Après les devoirs, Théo entreprit de me faire une démonstration de tours de magie. C'était sa grande passion ces derniers mois. Depuis que, pour l'occuper, Kadija avait pris l'habitude de lui montrer sur son téléphone les vidéos d'une chaîne YouTube spécialisée, lancée par un certain Gabriel Keyne. Ce jour-là, Théo perfectionna son numéro de pièce de monnaie qui transperce le fond d'un verre ainsi qu'un tour de cartes assez bluffant. Enhardi par sa réussite, il tenta un troisième numéro qui nécessitait que je lui prête un billet de 20 euros. Assez sûr de lui, il déchira le billet en deux, réunit les deux moitiés puis les plia en deux, puis en quatre.

— Voilà ! dit-il fièrement en me tendant le carré de papier. Déplie-le et tu vas avoir une surprise.

Intrigué, je suivis sa demande, mais, bien évidemment, mon billet était toujours déchiré.

Mon fils fondit en larmes. Une vraie crise, aussi soudaine que violente. Alors que j'essayais de le calmer, il m'avoua entre deux sanglots, en me serrant les deux bras avec ses petites mains :

— Je ne veux pas partir, papa, je ne veux pas partir !

Ainsi, il savait pour les États-Unis. Almine n'avait pas pensé que lui annoncer une telle nouvelle avec plus de deux mois d'avance allait déstabiliser notre fils. Et dans son hostilité systématique à mon égard, elle n'avait même pas dû envisager qu'il pouvait m'en parler.

— Ne t'inquiète pas, Théo, on va trouver une solution. Je vais m'en occuper.

Il me fallut cinq bonnes minutes pour éteindre l'incendie.

Il faisait presque nuit lorsque nous quittâmes le café. Le jardin des Explorateurs était désert, plongé dans l'humidité et la grisaille.

— J'aimerais être un vrai magicien, me dit Théo. Pour faire en sorte qu'on ne se quitte pas.

— On ne va pas se quitter, promis-je.

C'était le romancier en moi qui parlait. Celui qui s'imaginait toujours qu'un événement romanesque allait déjouer les impasses de la vie réelle. Grâce à un *deus ex machina* ou un retournement bienvenu qui, dans le dernier chapitre, corrigerait la réalité pour la mettre en conformité avec « ce qui devait être ». Et, pour une fois, ferait triompher les vrais gentils, renvoyant dans les cordes les cyniques, les médiocres, les connards.

— On va trouver une solution, répétai-je à Théo en le regardant s'éloigner.

Mon fils tenait Kadija d'une main et me faisait un signe d'adieu de l'autre. Je détestais cette image.

Abattu, je rentrai chez moi en me traînant. J'actionnai l'interrupteur, mais les plombs avaient dû sauter et la pièce n'était éclairée que par la lumière bleutée de l'écran d'ordinateur. La fièvre était revenue. J'étais frigorifié et tremblais des pieds à la tête. Une migraine épouvantable m'avait saisi, m'ôtant toute envie de faire quoi que ce soit. Même pas la force de monter dans ma chambre. Grelottant, je m'entortillai dans mon plaid et me laissai glisser dans le courant glacé de la nuit.

6

Un piège tendu au héros

Et le roman est-il autre chose qu'un piège tendu au héros ?
Milan KUNDERA

1.

Paris, mardi 12 octobre 2010

Un rideau de lumière ondulait derrière mes paupières closes.

Pelotonné dans mon plaid, j'évitais de faire le moindre mouvement pour ne pas disperser la chaleur. J'avais envie que la nuit se prolonge indéfiniment. Que la vie n'ait plus de prise sur moi. Rester à jamais déconnecté des rugosités du monde.

Mais un bruit continu m'en empêchait. Un tapotement régulier et agaçant. Je me recroquevillai, essayant de me réfugier de nouveau dans le sommeil, mais le bruit s'intensifia, me contraignant à ouvrir un œil. Au moins, il ne pleuvait plus. À travers les vitres, le feuillage automnal de l'érable et du bouleau folâtrait avec le soleil. Des éclats de diamant dans un ciel ouvert.

Ébloui, je portai ma main en visière. Une silhouette de gros hibou se détachait devant la verrière. Tirant sur sa pipe, Jasper Van Wyck était assis dans un fauteuil à deux mètres de mon canapé et battait la mesure avec son pied.

— Bordel Jasper ! Qu'est-ce que vous foutez ici ? demandai-je en me mettant debout avec difficulté.

Il tenait mon ordinateur portable sur ses genoux. Derrière l'écran, ses petits yeux ronds papillotaient. Il semblait ravi du tour qu'il venait de me jouer.

— La porte n'était pas verrouillée ! expliqua-t-il, comme si c'était une excuse.

Jasper Van Wyck était une légende dans le milieu de l'édition. Un Américain francophile qui avait fréquenté Salinger, Norman Mailer et Pat Conroy. Il était connu pour être l'agent de Nathan Fawles et avoir permis la publication de son premier roman, *Loreleï Strange*, qui avait été refusé par la plupart des maisons américaines. Vivant désormais entre Paris et New York, il avait accepté de s'occuper de mes intérêts depuis que j'avais changé d'éditeur, trois ans auparavant.

— Nous sommes mi-octobre, me fit-il remarquer. Votre éditeur attend votre manuscrit.

— Je n'ai pas de manuscrit, Jasper. Désolé.

Encore engourdi, la tête lourde et le nez bouché, je restai un long moment debout, appuyé contre le canapé, entortillé dans mon plaid, en attendant de retrouver mes esprits.

— Vous avez un *début* de manuscrit, corrigea-t-il en tapotant l'écran. Quatre chapitres, c'est un commencement.

— Vous avez piraté mon mot de passe ?

L'agent haussa les épaules.

— Le prénom et l'année de naissance de votre fils. Tellement prévisible…

À son tour, Jasper se leva pour se rendre dans la cuisine où il se mit en tête de me préparer un grog. En le suivant, j'aperçus la pendule murale. Il était presque midi. J'avais fait une fois et demie le tour du cadran !

— J'ai relevé votre courrier, dit-il en désignant un tas volumineux d'enveloppes posé sur la table.

Jasper m'aimait bien. Au-delà de notre relation professionnelle, il avait toujours eu de la curiosité et de la bienveillance envers moi. Sans doute parce que je l'intriguais. C'était lui-même un original un peu *old school* qui promenait avec bonhomie son embonpoint dans ses costumes de dandy. D'ordinaire, j'adorais discuter avec lui. C'était une mémoire de l'édition et il avait des anecdotes à la pelle sur les auteurs qu'il avait croisés. Mais ce matin, j'étais trop abattu pour tenir une conversation.

— Il y a beaucoup de factures, remarqua-t-il en terminant de presser le jus d'un citron qu'il ajouta à l'eau en train de bouillir.

J'avais décacheté l'enveloppe de mon dernier relevé de compte. Ma situation financière était dramatique. Pour acheter cette maison, je n'avais pas englouti que mes économies, mais aussi une bonne part de mes droits d'auteur à percevoir dans l'avenir.

— J'ai connu des jours meilleurs, concédai-je en glissant le relevé hors de ma vue.

Jasper versa une rasade de rhum et une cuillerée de miel dans la casserole.

— Quand pensez-vous achever votre roman ? demanda-t-il.

Je me laissai tomber sur une chaise, les coudes sur la table, ma pauvre tête entre mes mains.

— Je ne vais pas poursuivre cette histoire, Jasper. Je la sens mal.

— Ah bon ? J'ai lu les cinquante premières pages et je trouve qu'il y a du potentiel.

Il posa devant moi une tasse brûlante d'où s'élevaient des effluves de cannelle et de rhum.

— Non, ça ne mènera nulle part, assurai-je. C'est glauque et flippant.

— Essayez encore deux ou trois chapitres.

— On voit que ce n'est pas vous qui écrivez !

Jasper eut un haussement d'épaules : *chacun son rôle.*

— En attendant, buvez votre grog ! m'ordonna-t-il.

— C'est chaud !

— Ne faites pas votre chochotte. Ah, j'ai oublié de vous dire : je vous ai pris rendez-vous avec mon médecin à quatorze heures.

— Je ne vous ai rien demandé. Je n'ai pas besoin d'une nounou.

— Justement, je ne vous emmène pas voir une nounou, mais un docteur. Vous savez qu'Henry de Montherlant appelait Gaston Gallimard pour qu'il lui envoie un plombier lorsque son évier était bouché ?

— Je n'ai pas non plus besoin d'un médecin, Jasper.

— Soyez raisonnable, vous toussez comme un tuberculeux. Ça a encore empiré par rapport à votre coup de fil de la semaine dernière.

Il n'avait pas tort. Je me traînais cette toux depuis quinze jours et à présent la sinusite et la fièvre semblaient avoir pris le relais pour me tenir ensuqué.

— En attendant, allons au restaurant, lança-t-il joyeusement. Je vous invite au Grand Café.

Il semblait aussi radieux que j'étais déprimé. Ce n'était pas la première fois que je notais que la bouffe le mettait en joie.

— Je n'ai pas très faim, Jasper, avouai-je en buvant quelques gorgées du grog bien chargé en alcool.

— Ne vous en faites pas : c'est moi qui mangerai ! Et puis, ça vous fera prendre l'air.

2.

Une fois dans la rue, Jasper pesta contre une « pervenche » en train de lui dresser une contredanse pour stationnement gênant. Il conduisait (mal) une Jaguar Type E série 3 datant des années 1970. Une antiquité qui entre ses mains devenait aussi dangereuse que polluante.

Il m'emmena boulevard du Montparnasse où il gara (mal) sa voiture au croisement de la rue Delambre. Le Grand Café était une brasserie de quartier située en face d'un étal de fruits de mer. Une institution parisienne à la déco traditionnelle : chaises Baumann en bois courbé, petites tables de bistrot, nappes en vichy et menus sur ardoise.

C'était l'heure du coup de feu mais, au grand soulagement de Jasper, le chef de salle nous trouva une place au fond du restaurant. Sans attendre, il commanda une bouteille de chardonnay (une production Matt Delluca de la Napa Valley) tandis que je me contentais d'une Châteldon.

— Bon, qu'est-ce qui ne va pas, Ozorski ? demanda-t-il juste après s'être installé.

— Rien ne va, vous le savez très bien. Tout le monde croit que je suis un sale type, je ne peux plus voir mon fils dans des conditions normales et je viens d'apprendre que ma femme va l'emmener vivre aux États-Unis.

— Ça lui fera voir du pays.

— Ce n'est pas drôle.

— Mais vous en faites trop avec cet enfant, c'est ridicule ! Laissez-le grandir avec sa mère et occupez-vous de votre œuvre ! Il vous en sera bien plus reconnaissant à l'âge adulte.

Et il se lança dans une tirade philosophique, regrettant la folie de notre époque qui courait à sa perte en divinisant l'humain et en sacralisant l'enfant.

— C'est facile pour vous, vous n'êtes pas père !

— Non, Dieu merci ! souffla-t-il.

Après avoir commandé un pâté en croûte aux ris de veau ainsi qu'une douzaine d'huîtres plates, il revint à mon livre.

— Tout de même, Ozorski, vous ne pouvez pas laisser un personnage en plan avec un flingue sur la tête.

— C'est moi qui écris, Jasper, je fais ce que je veux.

— Dites-moi au moins ce qui se passe ensuite. Qu'est-ce qui lui est arrivé à cette petite Carrie ?

— Je n'en sais rien.

— Je ne vous crois pas.

— C'est votre problème. Et c'est pourtant la vérité.

L'air pensif, il lissa sa moustache en croc.

— Vous écrivez depuis longtemps, Ozorski…

— Et… ?

— Vous avez bien conscience que pour un romancier, cette Flora Conway qui surgit dans votre livre, c'est un cadeau du ciel !

— Un cadeau ?

— La créature qui demande à rencontrer son créateur. C'est génial. Vous pourriez écrire une sorte de *Frankenstein* moderne !

— Très peu pour moi. Dans mon souvenir, la créature sème la terreur partout où elle met les pieds et Victor Frankenstein meurt à la fin.

— C'est un détail. Enfin, Ozorski, cessez de voir tout en noir. Nous mourrons tous à la fin !

Il marqua une longue pause, le temps de savourer son pâté en croûte.

— Vous savez ce que vous devriez faire ? demanda-t-il tout à coup en levant sa fourchette.

— Dites-moi.

— Vous mettre en scène dans votre livre et accepter de rencontrer Flora.

— *Never.*

— Mais si ! C'est justement ce que j'aime dans vos romans : on sent que vous avez noué des rapports étroits avec vos personnages ! Et je suis certain de ne pas être le seul.

— Oui, mais cette fois, ça va trop loin.

Il me regarda d'un air suspicieux, puis :

— Mais vous avez PEUR, c'est ça ? Ozorski, vous avez vraiment peur de l'un de vos personnages ?

— J'ai mes raisons.

— Ah, mais je veux bien les connaître !

— Ce n'est pas tant une question de peur qu'une question d'envie et…

— Vous ne voulez pas partager un millefeuille au Grand Marnier ? Il paraît qu'il est divin.

Je continuai sur ma lancée en ignorant cette dernière question :

— … et comme vous connaissez un peu le métier, vous savez que sans envie d'écrire, il n'y a pas de roman réussi.

— Attention à vos postillons ! Gardez vos microbes. Et je serais curieux de savoir ce qu'est un roman réussi.

— Un roman réussi, c'est d'abord un roman qui rend heureux celui qui le lit.

— Pas du tout.

— Et un roman réussi, c'est comme une histoire d'amour réussie.

— Et c'est quoi, une histoire d'amour réussie ?

— C'est quand vous rencontrez la bonne personne au bon moment.

— Quel rapport avec le livre ?

— Avoir une bonne histoire et de bons personnages, ce n'est pas suffisant pour réussir un roman. Il faut aussi être dans un moment de votre vie où vous allez pouvoir en tirer quelque chose.

— Gardez vos sornettes pour les journalistes, Ozorski. Vous êtes en train de chercher toutes les excuses pour ne pas vous mettre au travail.

3.

La vieille anglaise s'engagea à gauche sur le boulevard Raspail. Avec plusieurs verres de vin blanc dans le nez, Jasper était un vrai danger public. Il conduisait en zigzaguant, l'autoradio diffusant à fond les suites de violoncelle de Bach, le pied toujours sur le champignon pour prendre de la vitesse malgré la circulation.

— Comment s'appelle votre médecin ? demandai-je alors qu'il tournait à gauche dans la rue de Grenelle.

— Raphaël.

— Quel âge a-t-il ?

— Diane Raphaël, c'est une femme.

Semblant se souvenir de quelque chose en arrivant rue de Bellechasse, il désigna un carton sur le siège arrière :

— Je vous ai apporté un cadeau.

Je me retournai pour jeter un coup d'œil au contenu de la boîte : il s'agissait de lettres et mails imprimés que m'avaient adressés mes lecteurs par l'intermédiaire de mon éditeur. J'en parcourus quelques-uns. La plupart étaient des messages sympathiques, mais lorsque vous ne réussissez pas à écrire, savoir que vous allez décevoir une telle attente est un cadeau empoisonné.

La Jaguar tourna rue Las-Cases et s'arrêta au numéro 12 de la rue Casimir-Périer, non loin des deux flèches de la basilique Sainte-Clotilde.

— C'est là, me dit Jasper. Vous souhaitez que je vous accompagne ?

— Ça va aller, merci. Rentrez plutôt faire une sieste, conseillai-je en descendant de la voiture.

— Tenez-moi au courant.

Sur le trottoir, j'aperçus la plaque du médecin.

— Mais c'est une psychiatre, votre Diane Raphaël !

Jasper avait baissé sa vitre. En quelques secondes, sa mine était devenue plus grave. Avant de redémarrer en trombe, il me lança comme un avertissement :

— Cette fois, vous n'allez pas vous en sortir seul, Ozorski.

4.

Jusqu'à ce jour, je n'avais jamais mis les pieds chez un psy, ce dont je tirais bêtement une certaine fierté. J'avais toujours pensé que l'écriture me permettait d'identifier, de cristalliser et d'évacuer mes névroses et mes obsessions.

— Soyez le bienvenu, monsieur Ozorski.

Je m'étais imaginé la psy comme une réincarnation de Freud, mais pas du tout. Diane Raphaël était une femme de mon âge au visage avenant. Des yeux clairs et un pull bleu lavande en mohair tout droit sorti d'une vieille publicité Woolite ou d'une archive de l'Ina sur Anne Sinclair.

— Installez-vous, je vous en prie.

Situé au dernier étage, le cabinet était une longue pièce dont les vues traversantes permettaient d'admirer l'église Saint-Sulpice, le Panthéon et portaient jusqu'à Montmartre.

— Ici, j'ai l'impression d'être une vigie installée dans le poste d'observation d'un bateau pirate, d'où je peux voir arriver les orages, les tempêtes et les dépressions. C'est pratique pour une psychiatre.

La métaphore était bien trouvée. Elle devait la ressortir à tous ses patients.

Je m'assis en face de Diane Raphaël sur une chaise en cuir blanc.

En vingt minutes d'une conversation pas si désagréable, elle avait cerné mon problème : les assauts répétés de la fiction pour contaminer ma vie amoureuse et familiale. Quand vous passez l'essentiel de la journée à divaguer dans un monde imaginaire, il n'est parfois pas évident de faire le chemin dans l'autre sens. Et vous êtes saisi de vertige lorsque les frontières s'estompent.

— Rien ne vous oblige à subir ça, assura la psy. Mais il faut que vous soyez décidé à reprendre le contrôle.

J'étais d'accord, mais je ne voyais pas très bien comment. Je lui parlai de l'histoire que j'avais commencé à écrire et de Jasper qui souhaitait que je relève le défi lancé par Flora Conway en acceptant de la rencontrer à travers l'écriture.

— Mais c'est une idée formidable ! Faites-le comme un exercice. Un acte symbolique fort pour réaffirmer la prédominance de la vraie vie sur le monde imaginaire, et pour défendre votre pré carré d'écrivain et la liberté qu'il implique.

Le propos paraissait séduisant, mais j'étais sceptique quant à l'efficacité de l'exercice.

— Vous avez peur de cette femme ?

— Non, assurai-je.

— Alors, allez le lui dire en face !

Comme elle avait bien préparé sa séance, elle emporta le morceau en me citant une interview de Stephen King dans laquelle il disait en substance que mettre en scène ses démons à travers la fiction était une vieille technique thérapeutique, un exorcisme qui lui permettait de vomir sur le papier sa rage, sa haine et sa frustration. « En plus, je suis payé pour ça, remarquait le King. Il y a des types dans des cellules capitonnées partout dans le monde qui n'ont pas cette chance. »

5.

J'étais en route vers l'école de mon fils lorsque je reçus un SMS de Kadija : « Attention, Almine a décidé d'aller chercher Théo ! »

Ça lui prenait parfois, une ou deux fois par mois, comme une lubie : Almine décrétait soudain qu'elle n'avait plus besoin de nounou. Il lui arrivait même de dire à Kadija que ce n'était plus la peine qu'elle vienne et que, désormais, elle s'occuperait de Théo à temps plein. Généralement, cette résolution avait une durée de vie de vingt-quatre à quarante-huit heures. En attendant, j'allais rater mon rendez-vous avec Théo.

Dépité, je fis un détour par la pharmacie pour refaire le plein de Doliprane, de sirop et d'huiles essentielles. Je rentrai chez moi, traficotai le tableau électrique car les plombs avaient encore sauté, et mis de l'eau à bouillir pour une inhalation. Puis, je me laissai tomber sur le canapé et fermai les paupières quelques instants pour réfléchir à ce que m'avaient dit Jasper et la psy. Lorsque je rouvris les yeux, il était presque minuit. C'est le froid saisissant qui m'avait réveillé. *Putain de chaudière…*

J'allumai une flambée dans la cheminée et traînai un peu dans la bibliothèque où je mis la main sur un vieil exemplaire de *Frankenstein* que j'avais étudié au lycée.

> *Une sinistre nuit de novembre, je pus enfin contempler le résultat de mes longs travaux. […] Il était déjà une heure du matin. La pluie tambourinait lugubrement sur les carreaux, et la bougie achevait de se consumer. Tout à coup, à la lueur de la flamme vacillante, je vis la créature entrouvrir des yeux d'un jaune terne. Elle respira profondément, et ses membres furent agités d'un mouvement convulsif.*

Charmant.

Je me préparai une pleine cafetière d'arabica, rassemblai les seuls amis qui me restaient sur Terre – Doliprane, flacon de Derinox, pastilles pour la gorge – et m'emmitouflai dans mon plaid avant de prendre place à ma table de travail.

J'ouvris l'ordinateur, lançai le traitement de texte sur une page vierge, regardai le curseur qui me narguait. Mieux valait le reconnaître, en quelques mois, j'avais perdu tout contrôle de ma vie. À moi d'essayer d'en reprendre les commandes. Mais était-ce possible en restant devant un écran ? Je pianotai sur les touches du clavier. J'aimais ce bruit doux et feutré. Le bruit d'un cours d'eau dont on ne savait jamais vers où il allait nous entraîner. Le mal et le remède. Le remède et le mal.

1.

Williamsburg Sud

Marcy Avenue Station

Sensation d'asphyxie. Au milieu de la foule compacte, mes jambes flageolantes me portent vaille que vaille jusqu'à la sortie du métro. La vague humaine se déverse sur le trottoir. Enfin un peu d'air. Mais aussi les klaxons, la circulation, le bourdonnement de la ville qui m'...

7

Un personnage en quête d'auteur

À plus d'un titre l'écriture est l'acte qui consiste à dire Je, à dominer l'autre, l'interpeller : Écoutez-moi, voyez les choses à ma manière, changez d'avis. C'est un acte agressif, voire hostile.

Joan DIDION

1.

Williamsburg Sud, Marcy Avenue Station

Sensation d'asphyxie. Au milieu de la foule compacte, mes jambes flageolantes me portent vaille que vaille jusqu'à la sortie du métro. La vague humaine se déverse sur le trottoir. Enfin un peu d'air. Mais aussi les klaxons, la circulation, le bourdonnement de la ville qui m'assourdissent.

Je fais quelques pas sur le trottoir. Groggy. C'est la première fois que je me retrouve dans une de mes fictions. La situation est proche de la schizophrénie : une partie de moi est à Paris derrière son écran d'ordinateur, l'autre est ici, à New York, dans ce quartier que je ne connais pas et qui s'anime au fur et à mesure que, là-bas, l'autre moi tape sur les touches de son clavier.

Je regarde le décor, je respire l'air ambiant. Au premier abord, rien ne m'est vraiment familier. J'ai mal au ventre et des douleurs lancinantes dans les muscles. M'arracher à la réalité a laissé des traces. Tout mon corps me donne l'impression de se déchirer comme si j'étais un élément étranger que le monde imaginaire tentait de rejeter. Ça ne me surprend guère : je sais depuis longtemps que le monde de la fiction a ses lois propres, mais sans doute ai-je sous-estimé leur puissance.

Je lève les yeux. Dans le ciel métallique, un vent frais fait trembler les feuilles des châtaigniers. Autour de moi, des deux côtés de la rue, se déroule un étrange ballet. Vêtus de redingotes sombres, des hommes barbus en chapeau noir et papillotes sillonnent les trottoirs en me lançant de drôles de regards. Leurs femmes portent de longues jupes, plusieurs couches de vêtements et dissimulent leur chevelure dans des turbans austères. Des inscriptions hébraïques et les conversations en yiddish me font comprendre où je me trouve : dans le quartier juif hassidique de Williamsburg. Cette partie de Brooklyn est séparée en deux univers aux antipodes : au nord, le quartier bobo-hipster, au sud, la communauté de Satmar. D'un côté, les « artistes » tatoués, amateurs de quinoa et de bière artisanale, de l'autre, les ultra-orthodoxes qui, à quelques encablures de la modernité de Manhattan, entretiennent un mode de vie traditionnel déconnecté des évolutions de la société.

J'ai toujours aussi mal au ventre, mais progressivement je reprends mes esprits et je comprends pourquoi je suis ici. Lorsque j'ai commencé l'écriture de *La Troisième Face du miroir*, je me suis documenté pour choisir le quartier dans lequel habiterait Flora et j'ai opté pour Williamsburg justement pour sa proximité avec ce quartier juif orthodoxe. Parce que leurs habitants, sortis tout droit d'un *shtetl* du XIXe siècle, semblaient avoir réussi à ouvrir une brèche dans le temps. Je ne suis pas le seul à chercher à m'enfuir de cette réalité et de cette époque. Je le fais grâce à mon imaginaire, mais d'autres y réussissent par d'autres moyens. En refusant que le monde moderne ait une prise sur eux. Ici, le système scolaire, l'accès aux soins, les problèmes judiciaires, la nourriture sont supervisés par la communauté. Et dans cette dimension anachronique, les médias, les réseaux sociaux, l'urgence de la modernité n'existent pas.

Un vide se creuse dans mon estomac et une violente nausée m'incommode, comme si j'étais tiraillé par la faim. Je pousse la porte de la première épicerie casher qui se présente sur mon chemin. Abrité dans un bâtiment aux briques jaunâtres, le magasin est coupé en deux par un treillage en bambou qui sépare les clients masculins et féminins. Je commande les deux spécialités de la maison : une pita remplie de falafels et un club à l'omelette et au pastrami. Je dévore mes deux sandwichs à pleines dents et, petit à petit, lorsque la faim reflue, je sens que je prends enfin ancrage dans le monde de la fiction et que je m'acclimate au paysage alentour.

Ayant repris des forces, je poursuis mon chemin vers le nord de Williamsburg. Un kilomètre et demi dans les couleurs de l'été indien, entre les platanes aux feuilles dorées et les brownstones de Bedford Avenue.

Lorsque j'arrive au croisement de Berry Street et de Broadway, la silhouette du Lancaster me paraît plus imposante que dans mon roman. Une dizaine de photographes et de journalistes font les cent pas devant la vitrine d'une laverie automatique : piétaille triste et fatiguée, petits soldats du clic à la solde de l'obscénité qui sortent brièvement de leur léthargie en me voyant pénétrer dans l'immeuble.

Me voici à présent dans le hall flambant neuf, plus luxueux que dans mon imagination : carrelage en marbre de Carrare, lumière feutrée, revêtement mural en bois brut et hauteur sous plafond impressionnante.

— Que puis-je pour vous, monsieur ?

Trevor Fuller Jones, le responsable du lobby, a levé les yeux de son écran. Lui est tel que je l'avais en tête. Corseté dans sa veste marron à galons dorés, il semble me prendre pour l'un des bobardiers auxquels il a affaire depuis le début de l'« affaire Conway ». Pendant quelques secondes, je reste planté devant lui la bouche ouverte, hésitant sur la marche à suivre. Et puis je me décide.

— Bonjour, je voudrais me rendre sur le toit de l'immeuble.

Trevor lève un sourcil.

— Et pour quelle raison, je vous prie ?

Comme souvent, je suis tenté de jouer la franchise :

— Je pense que Mme Conway est en danger.

Le gardien secoue la tête.

— Et moi, je pense que vous devriez quitter cet endroit.

— J'insiste. Si vous ne voulez pas avoir son suicide sur la conscience, vous feriez mieux de me laisser monter.

Cette fois, Trevor Fuller Jones pousse un soupir d'exaspération et, malgré sa forte carcasse, surgit de derrière la banque d'accueil. En un éclair, il me saisit par le bras et me tire sans ménagement vers la sortie. J'essaie de protester, mais le type dépasse le mètre quatre-vingt-dix et pèse au moins cent dix kilos. Alors qu'il est sur le point de me jeter sur le trottoir, je me rends compte que le rapport des forces n'est pas celui que je crois. Et que je possède toutes les armes pour neutraliser mon adversaire.

— Ne me forcez pas à tout raconter à Bianca !

Le gardien s'arrête net. Il ouvre des yeux ronds, comme s'il n'était pas certain d'avoir bien entendu. Je répète :

— Si vous ne me laissez pas entrer, vous allez avoir des problèmes avec Bianca.

Il resserre encore la pression autour de mon bras.

— Qu'est-ce que ma femme a à voir là-dedans ? gronde-t-il.

Je regarde Fuller Jones sans ciller. Comment lui faire comprendre qu'il n'est qu'une de mes créations ? Un personnage secondaire d'un récit en cours d'écriture qui n'existe que dans mon esprit ? Comment lui faire comprendre surtout que je connais tout de sa vie ?

— Bianca pourrait être intéressée par les SMS et les photos que vous envoyez régulièrement à Rita Beecher, la jeune coiffeuse de tout juste dix-neuf ans que vous avez rencontrée au salon Sweet Pixie de Jackson Street.

C'est l'une de mes habitudes de romancier : avant de commencer à écrire, je peaufine la construction de mes personnages en rédigeant pour chacun une fiche biographique détaillée. Même si les trois quarts de ces renseignements ne se retrouveront pas dans le livre, c'est un moyen imparable pour mieux les connaître.

— Je ne sais pas si votre femme serait particulièrement ravie d'apprendre que vous écrivez à Rita des choses comme : « Je pense à ton cul toute la journée » ou bien « Je voudrais asperger tes seins de ma semence pour les voir bourgeonner ».

Le visage du gardien se décompose, signe que j'ai touché juste. On en revient à Malraux : l'homme est souvent « ce qu'il cache, un misérable petit tas de secrets ».

— Mais, comment savez-vous ? bredouille-t-il.

Je lui assène le coup de grâce :

— Je redoute aussi sa réaction lorsqu'elle découvrira que pour la Saint-Valentin, vous avez offert à Rita une broche émaillée en argent d'une valeur de huit cent cinquante dollars. Combien coûtait le bouquet de fleurs que vous avez rapporté à votre femme, déjà ? Vingt dollars, je crois.

Fuller Jones baisse la tête et me lâche. À présent, j'ai devant moi une poupée de chiffon inoffensive. C'est plus difficile de jouer les gros bras quand on est dans son tort.

2.

Je l'abandonne derrière moi et reviens sur mes pas. Au bout du hall se déploie une batterie de trois ascenseurs aux portes en bronze martelé. J'appelle une cabine et appuie sur le bouton *Rooftop*. L'appareil se met en branle dans un grincement métallique. Lorsque les battants coulissent, en arrivant à destination, je m'aperçois qu'il faut encore grimper un étage à pied pour déboucher sur le toit.

Une fois là-haut, je suis surpris par une rafale de vent. Je place ma main en visière pour me protéger et j'avance sur le terrain de badminton. La vue est époustouflante. Plus enivrante encore que dans mon manuscrit. Mais le ciel, encore limpide et clair quelques minutes plus tôt, a été repeint au fusain. Presque malgré moi, je m'arrête un instant pour contempler le panorama qui donne le vertige. De l'autre côté du détroit, la ligne métallique des gratte-ciel laisse émerger les figures mythiques des buildings new-yorkais : les pylônes du pont de Williamsburg, l'Empire State, la flèche du Chrysler Building, la silhouette trapue du MetLife.

— JE TE LAISSE TROIS SECONDES POUR M'EMPÊCHER DE FAIRE ÇA : UN, DEUX…

Tiré de ma contemplation par les cris, je sursaute et fais volte-face. À l'autre bout du terrain, près du réservoir d'eau, j'aperçois Flora Conway. Elle tient l'arme de Rutelli posée contre sa tempe et s'apprête à faire feu.

— Arrêtez ! je crie pour signaler ma présence.

Naïvement, je m'étais dit que lorsqu'elle me verrait, Flora baisserait la garde. Mais, aussi paniquée que moi, elle me défie de son regard de jade.

— Allez, ne faites pas l'imbécile. Posez ce flingue.

Lentement elle descend le Glock, mais au lieu de le lâcher, elle le retourne dans ma direction.

— Oh là ! On peut se parler ?

Loin de s'apaiser, Flora empoigne la crosse du pistolet à deux mains et, les doigts crispés sur la détente, avance vers moi, prête à faire feu.

Je prends alors conscience qu'à l'inverse du gardien, je ne peux absolument rien contre Flora Conway. Je pensais être sur mes terres, mais ce n'est pas du tout le cas. À cet instant, je regrette amèrement d'avoir écouté Jasper et Diane Raphaël. Facile pour eux de donner des conseils qui ne les engagent pas. Le monde de la fiction est dangereux, je l'ai toujours su. Tout comme j'ai toujours su qu'il était risqué pour moi de m'aventurer sur ce territoire. Je vais finir de façon pathétique avec deux balles dans la peau tirées par un personnage sorti de mon imagination. L'histoire de ma vie depuis l'enfance. Toujours le seul et même ennemi : moi-même.

— Flora, soyez raisonnable. Il faut *vraiment* qu'on ait une discussion tous les deux.

— Qui êtes-vous, bordel ?

— Je m'appelle Romain Ozorski.

— Connais pas.

— Si, vous savez bien, c'est moi : l'ennemi, le fils de pute, le romancier…

J'essaie de dissimuler ma peur. Flora reste sur la défensive, me gardant dans sa ligne de mire en continuant à avancer.

— Et vous débarquez d'où ?

— De Paris. Enfin, de Paris dans la vraie vie.

Elle fronce les sourcils. À présent, elle n'est plus qu'à quelques mètres de moi. Malgré les nuages bas, une trouée de ciel laisse des rayons de soleil se refléter dans l'East River. Flora pose le canon du Glock sur mon front. J'avale ma salive avant de tenter une dernière fois de la raisonner.

— Pourquoi me tuer alors que c'est vous qui m'avez demandé de venir !

J'entends sa respiration : lourde, haletante, saccadée. Autour de nous, le paysage tremblote et se détache comme un miroir grossissant. Après une longue hésitation, et au moment où je m'y attends le moins, elle finit par baisser son arme avant de me lancer :

— Vous avez intérêt à me fournir une putain de bonne explication.

3.

Quais de Brooklyn

J'étais entré dans la vie de Flora Conway depuis moins d'une heure, mais elle faisait partie de la mienne depuis bien plus longtemps. Après notre altercation sur le toit du Lancaster, je l'avais convaincue d'avoir une discussion posée.

Ce premier échange fut déconcertant, car Flora accepta assez vite l'incongruité de la situation. Une brèche s'était ouverte au fond de sa conscience. En déchirant le voile de l'ignorance, elle était pour toujours sortie de la caverne. C'est pour cela qu'elle ne perdit pas de temps à nier être un personnage de roman. Ce qu'elle refusait, en revanche, c'était que j'arrête d'écrire son histoire. Nous avions commencé à nous disputer et, comme elle étouffait dans son appartement, elle m'avait emmené dans un bar brésilien de Williamsburg.

Situé le long des quais, The Favela était un établissement aménagé dans un ancien garage qui offrait une cour ombragée, bondée à l'heure du déjeuner, que les gens du coin appelaient « *the beer garden* ». Comme je ne savais pas très bien de combien de temps je disposais, je mis tout de suite les pieds dans le plat :

— Je ne continuerai pas à écrire votre histoire, Flora. C'est pour vous le dire que je suis venu ici.

— Ah, mais vous ne pouvez pas décider de ça tout seul.

— Vous savez pertinemment que si.

— Et concrètement, qu'est-ce que ça veut dire ?

Je haussai les épaules.

— Ça veut dire que je vais arrêter de travailler sur ce texte. Je ne vais plus y réfléchir et je vais passer à autre chose.

— Vous allez supprimer les fichiers de votre disque dur, c'est ça ? Vous allez mettre ma vie à la poubelle d'un simple clic sur votre ordinateur ?

— C'est un peu réducteur, mais ce n'est pas faux.

Elle braqua sur moi ses yeux pleins de colère. Physiquement, son visage était plus doux que dans mon imagination. Elle portait une robe-pull en laine crème, un blouson en jean cintré et des bottines caramel. Sa dureté n'était pas dans son apparence, elle était dans son regard, son impatience, les inflexions de sa voix.

— Je ne vais pas vous laisser faire, dit-elle d'un ton résolu.

— Soyez raisonnable, vous n'existez pas !

— Si je n'existe pas, qu'est-ce que vous foutez ici ?

— C'est une sorte d'exercice, à l'initiative de mon agent et d'une psychiatre. Une connerie, je vous l'accorde.

Un barman en marcel et aux bras entièrement tatoués nous apporta les caïpirinhas que nous avions commandées. Flora but la moitié de son cocktail d'un trait avant de se lancer :

— Je ne vous demande qu'une chose, c'est de me rendre ma fille.

— Ce n'est pas moi qui vous l'ai prise.

— Quand on écrit, il faut assumer ses responsabilités.

— Je n'ai aucune responsabilité envers vous. J'en ai par rapport à mes lecteurs, mais…

— Complètement démago le coup du lecteur, me coupa-t-elle.

Je repris mon argumentaire :

— J'ai une responsabilité par rapport aux lecteurs, mais seulement une fois que j'ai choisi de *publier* un texte. Ce qui n'est pas le cas pour votre histoire.

— Pourquoi vous l'avez écrite alors ?

— Vous publiez tout ce que vous écrivez, vous ? Moi, non.

Je bus une gorgée d'alcool et regardai autour de moi. Le temps était redevenu incroyablement doux. L'endroit était original, avec sa toiture de zinc déglinguée où s'accrochait la vigne vierge et son vieux *food truck* qui vendait des tacos. Une vraie guinguette version salsa.

— L'essence de la création, c'est d'essayer des choses, encore et toujours, sans forcément aller au bout ou vouloir en garder une trace. C'est pareil dans tous les arts. Soulages a brûlé des centaines de toiles dont il n'était pas satisfait, Bonnard allait retoucher ses propres tableaux dans les musées, Soutine rachetait ses toiles à ses marchands pour les retravailler. C'est l'auteur qui est maître de son œuvre, pas l'inverse.

— Arrêtez d'étaler votre science…

— Ce que je veux dire, c'est que, comme un pianiste, j'ai besoin de faire des gammes. J'écris tous les jours, même le dimanche, même à Noël, même quand je suis en vacances. J'allume mon ordinateur et j'écris des bribes d'histoires, des nouvelles, des réflexions. Si ce que j'écris m'inspire, je continue. Sinon, je passe à autre chose, c'est aussi simple que ça.

— Et qu'est-ce qui ne vous « inspire » pas dans mon histoire ?

— Elle me fout le cafard, votre histoire. Voilà ! Je ne prends pas de plaisir à l'écrire. Je ne m'amuse pas.

Flora leva les yeux au ciel (et la main pour faire comprendre au serveur qu'elle souhaitait un autre cocktail).

— Si écrire était amusant, ça se saurait.

Je soupirai et pensai à Nabokov qui proclamait que ses personnages étaient ses « galériens ». Des esclaves d'un monde dont il était le « dictateur absolu », le « seul responsable de sa stabilité et de sa vérité ». Le génie russe avait bien raison de ne pas se laisser emmerder. Tandis que moi, j'étais là, à palabrer avec un être chimérique issu de mon cerveau…

— Écoutez, Flora, je ne suis pas venu ici pour disserter avec vous sur ce que doit être la littérature.

— Vous n'aimez pas mes romans ?

— Pas vraiment.

— Et pourquoi ?

— Ils sont prétentieux, poseurs, élitistes.

— C'est tout ?

— Non. Le pire de tout…

— Dites-moi.

— … c'est qu'ils ne sont pas généreux.

Malgré l'interdiction, elle alluma une cigarette et rejeta une bouffée de fumée.

— Votre brevet de générosité, vous pouvez vous le…

— Ils ne sont pas généreux parce que vous ne pensez pas aux lecteurs. Au plaisir qu'apporte la lecture. À cette sensation unique qui s'empare de vous lorsque vous avez hâte de rentrer chez vous le soir pour retrouver un bon roman. Tout ça, c'est quelque chose d'abstrait pour vous. Voilà, c'est pour ça que je n'aime pas vos romans : parce qu'ils sont froids.

— Ça y est ? Vous avez fini votre petit laïus ?

— Oui, et je crois qu'on va arrêter de se parler.

— Parce que *vous* l'avez décidé ?

— Parce qu'on est dans mon roman. Que ça vous plaise ou non, je suis le *seul* maître à bord. C'est moi qui décide de tout, vous comprenez ? C'est même pour ça que j'ai voulu devenir écrivain.

Elle haussa les épaules.

— Vous avez voulu devenir écrivain parce que ça vous fait bander d'être un tyran qui terrorise ses personnages ?

Je soupirai. Si elle comptait m'attendrir, c'était mal parti. D'un autre côté, ses paroles me facilitaient la tâche.

— Écoutez, Flora, je vais être honnête. Nuit et jour, sept jours sur sept, je me fais emmerder par tout le monde, sans répit. Par ma femme, par mon éditeur, par mon agent, par le Trésor public, par la justice, par les journalistes. Par ce putain de plombier que j'ai déjà appelé trois fois et qui ne vient pas réparer ma fuite d'eau, par ceux qui voudraient que j'arrête de bouffer de la viande ou que je ne prenne plus l'avion ou que j'éteigne ma cigarette ou que je ne me serve pas un deuxième verre de vin ou que je bouffe cinq fruits et légumes par jour. Par ceux qui, très sérieusement, me disent qu'en tant que romancier je ne peux pas me mettre dans la peau d'une femme, ou d'un adolescent ou d'un vieillard ou d'un Chinois, ou que si je le fais, je vais devoir faire relire mes textes pour être certain qu'ils n'offensent personne. J'en ai ma claque de ce bal des casse-pieds et…

— Ça va, je crois que j'ai compris l'idée, m'interrompit Flora.

— L'idée, c'est que je ne vais pas me faire emmerder par quelqu'un d'autre et encore moins par un personnage de roman qui n'existe que dans ma tête.

— Vous savez quoi ? Vous avez bien raison d'être allé voir un psy.

— Et vous, il vous en faudrait un bon aussi ! Cette fois, je crois qu'on s'est tout dit.

— Donc, vous ne me rendrez pas Carrie ?

— Non, car ce n'est pas moi qui vous l'ai prise.

— On voit bien que vous n'avez pas d'enfant.

— Vous croyez vraiment que j'aurais commencé à écrire cette histoire si je n'avais pas d'enfant ?

— Je vais vous dire quelque chose, Ozorski. Vous pouvez peut-être supprimer le fichier de votre ordinateur, mais vous ne pourrez pas le supprimer de votre tête.

— Vous ne pouvez rien contre moi.

— Ça, c'est ce que vous croyez.

— En attendant, *ciao*.

— Vous allez repartir comment ?

— Comme ça : un, deux, trois ! dis-je en comptant sur mes doigts.

— Vous êtes toujours là, pourtant.

Je baissai mon pouce et mon index. Ne restait plus que mon majeur dressé dans sa direction.

Elle secoua la tête tandis que je m'évaporais sous ses yeux.

8

Almine

Comprendre les autres n'est pas la règle dans la vie. L'histoire de la vie, c'est se tromper sur leur compte, encore et encore, encore et toujours, avec acharnement et, après y avoir bien réfléchi, se tromper à nouveau.

Philip ROTH

— Vous êtes toujours là, pourtant.

Je baissai mon pouce et mon index. Ne restait plus que mon majeur dressé dans sa direction.

Elle secoua la tête tandis que je m'évaporais sous ses yeux.

La lumière de Brooklyn s'éteignit brusquement lorsque je refermai l'écran de mon ordinateur portable, pas mécontent du tout de ma petite sortie. À Paris, il était trois heures du matin. Le salon était plongé dans l'obscurité, à l'exception de quelques braises qui terminaient de se consumer dans la cheminée. Ce voyage à New York m'avait épuisé, mais j'étais soulagé de m'en être tiré à bon compte. J'avalai un dernier Doliprane pour la route, quittai ma chaise et n'eus que quelques pas à faire avant de plonger dans mon canapé.

1.

Mercredi 13 octobre 2010

Le lendemain, je me réveillai tard, mais reposé et d'excellente humeur. Ça faisait très longtemps que je n'avais plus dormi d'un sommeil sans nuages. Même ma crève était en voie d'amélioration : je respirais nettement mieux et pour la première fois depuis des lustres, je n'avais plus la tête dans un étau.

Allez, debout ! Je voulais prendre ça comme un signe et me persuader à tout prix que quelque chose avait changé. Je me préparai un double expresso et des tartines que j'allai déguster à l'extérieur. Le petit jardin était irrésistible dans ses couleurs d'automne. Avant l'arrivée de l'hiver, la végétation encore abondante tirait ses derniers feux. Le prunus était un buisson ardent. Les fougères et les cyclamens resplendissaient. À côté du vieux sycomore, le bosquet de houx attendait d'être taillé.

Mon expédition au pays de l'imaginaire m'avait revigoré. J'avais su mettre les points sur les *i* et me libérer de l'emprise de Flora Conway. J'avais réaffirmé mon autonomie et ma liberté de romancier. Mais je ne pouvais pas me contenter de cette victoire symbolique. Pour transformer l'essai, il fallait que je tente une offensive dans la vie réelle. Peut-être me restait-il une carte à jouer avec Almine ? Une ultime tentative pour essayer de la ramener à la raison.

Je montai à l'étage pour faire ma toilette. J'allumai la radio de la salle de bains et filai dans la douche. Sous le jet, du shampoing plein les oreilles, le journal de France Inter me parvenait par bribes :

Ce mercredi, nouvelle journée de manifestation massive contre le projet gouvernemental de réforme des retraites. Le front syndical espère rassembler plus de trois millions de personnes à travers la France. / Je m'appliquai à me représenter l'image d'Almine sans toutes les pensées négatives – un euphémisme – que je nourrissais à son encontre. / *Le leader de Force ouvrière, Jean-Claude Mailly, déplore une réforme faite pour faire plaisir aux marchés financiers. Après la mise en place du bouclier fiscal, la CGT dénonce, elle, la politique ultralibérale et injuste du « président des riches » qui veut porter l'âge de la retraite à soixante-deux ans.* / Bien sûr, je regrettais amèrement de ne pas avoir été plus méfiant et d'avoir laissé traîner mon téléphone sans protection. Pourquoi, alors que je connaissais très bien le caractère impulsif et excessif de ma femme, avais-je eu la légèreté de croire qu'elle n'irait pas jusque-là ? / *La ministre de l'Économie Christine Lagarde estime que chaque jour de grève coûte environ 400 millions d'euros à l'économie française et pèse sur la reprise économique.* / N'en déplaise à la grenouille, un scorpion reste un scorpion « parce que c'est dans sa nature ». En ayant été si naïf, j'avais mis mon fils dans une situation gravissime. /*… risque de pénurie de carburant, malgré les affirmations rassurantes du ministre de l'Énergie, Jean-Louis Borloo.* / J'avais toujours pensé que les institutions de mon pays me protégeraient si je devais un jour être attaqué injustement. Mais ni la police ni la justice ne m'avaient défendu. Personne n'avait cherché à connaître la vérité. / *Du jamais-vu depuis les grandes grèves de 1995 contre le plan Juppé !* / Malgré ces embûches, étais-je encore capable de reprendre ma vie en main ? Je voulais y croire. Après tout, les premiers temps, nous avions connu des moments heureux avec Almine. Et nous étions parents de ce petit garçon formidable. / *D'après les sondages, les grévistes bénéficient d'un soutien sans faille de l'opinion et 65 % des personnes interrogées désapprouvent la fermeté de Nicolas Sarkozy face à la fronde.* / Même dans les crises que nous avions rencontrées, il y avait toujours eu un moment où la raison avait repris le dessus. Avec Almine, la vérité du jour n'était pas celle du lendemain. / *… l'entrée inattendue des lycéens dans le mouvement et le blocage reconductible des raffineries…*

Une fois hors de la douche, je me rasai, me parfumai, enfilai un jean propre, une chemise blanche et une veste de costume cintrée. J'adressai même mon plus beau sourire au miroir. Méthode Coué pour me persuader que j'étais de retour dans le grand jeu de l'existence.

Le Premier ministre François Fillon écarte toute concession et dénonce la tentation de l'extrême gauche et des socialistes de…

Je quittai la maison sous le soleil. Un plan commençait à s'ébaucher dans ma tête. La rue du Cherche-Midi était parcourue d'une certaine agitation. À cause de la grève, impossible de prendre le métro à Saint-Placide. Comme tous les taxis étaient assaillis, je marchai jusqu'à la station Vélib' la plus proche. De loin, je crus qu'il restait des vélos, mais sur place, je me rendis compte que toutes les bécanes étaient mortes : pneus crevés, jantes cassées, freins sabotés. Refusant de me décourager, je courus jusqu'à la station suivante, où ce fut le même topo. Un type du quartier avait même apporté sa propre boîte à outils pour réparer l'un des vélos. *Welcome to Paris*.

De guerre lasse, je décidai de traverser la Seine à pied. Dans la rue de Vaugirard, de petits groupes de manifestants remontaient vers le boulevard Raspail avec leurs drapeaux et leurs chasubles rouges aux couleurs de la CGT. Sur le boulevard, on piaffait d'impatience. Le départ du cortège n'était pas prévu avant quatorze heures, mais on était en pleine répétition. On essayait les cornes de brume et les mégaphones, on réglait la sono, on répétait les chansons (« Fillon, si tu savais, ta réforme, ta réforme, Fillon si tu savais ta réforme où on s'la met »), on testait l'efficacité de certains slogans : « Sarkozy, despote, va donc taxer tes potes » ; « Les talonnettes ne font pas les grands hommes » ; « Regarde bien ta Rolex, c'est l'heure de la révolte ! » Sur le stand de SUD Rail, on cassait déjà la croûte. Des volontaires faisaient griller andouillettes, merguez et chipolatas sous un barnum aux couleurs du syndicat. Glissée dans un morceau de baguette et agrémentée d'oignons, la saucisse était vendue au prix militant de deux euros. Pour un euro de plus, vous aviez un verre de bière ou une tasse de vin chaud. Bonnet péruvien sur la tête, sacoche en bandoulière et macaron « SUD Éducation » collé sur son blouson, une manifestante demanda très sérieusement, comme si elle était au restau, si elle pouvait avoir « un sandwich veggie ».

Au milieu de la foule, je ne pouvais m'empêcher de photographier mentalement ces images, d'en fixer chaque détail : les reparties, les bruits d'ambiance, les odeurs, les chansons que diffusaient les enceintes. Puis je classais tous ces éléments à l'intérieur d'un dossier entreposé dans un recoin de mon cerveau. C'était ma documentation mentale. Une bibliothèque que je transportais toujours avec moi. Dans un an, dans dix ans, si l'écriture d'un roman l'exigeait, je ressortirais ce dossier pour décrire une scène de manifestation. Cet effort me coûtait, mais il était devenu une seconde nature contre laquelle j'avais du mal à lutter. Un mécanisme épuisant dont je ne parvenais plus à trouver le bouton Off.

2.

Je parvins à m'extraire du cortège et contournai le jardin du Luxembourg jusqu'au théâtre de l'Odéon. Au rythme de mes pas sur les trottoirs, je voyais défiler devant mes yeux le film de mes années avec Almine, cherchant avec peine à y trouver une cohérence. Elle était née en Angleterre près de Manchester d'un père anglais et d'une mère irlandaise. Passionnée de danse classique, elle avait intégré le Royal Ballet de Londres, mais à l'âge de dix-neuf ans elle avait eu un grave accident de moto avec son copain de l'époque, un pseudo-guitariste qui taquinait davantage les pintes de Guinness que les cordes de sa Gibson. Almine était restée plus de six mois à l'hôpital et n'avait jamais plus été capable de danser à un haut niveau. L'accident avait eu des séquelles, notamment un mal de dos chronique qui l'avait rendue accro aux anti-douleurs. C'était le vrai drame de sa vie et elle l'évoquait toujours avec des sanglots dans la voix. C'était aussi la raison pour laquelle, pendant longtemps, j'avais excusé certains de ses comportements. À vingt-deux ans, au milieu des années 1990, elle avait fait son trou dans le mannequinat pour devenir rapidement une référence des *catwalks*.

[Rue Racine, boulevard Saint-Germain.]

1,74 m. 85-60-88. Outre ses mensurations, à cette époque, Almine est reconnaissable à sa coupe de cheveux courte, ébouriffée, blond platine, et à ses légères taches de rousseur irlandaises qui la distinguent dans la concurrence impitoyable de ce milieu. Cette singularité trouve un écho et lui permet d'avoir une place récurrente sur les podiums lors des défilés importants. Elle devient une petite célébrité dans son domaine et, dans les magazines, elle se bricole un style rock et sexy : petit sourire à tomber, marinière, jean troué,

Dr. Martens. Elle s'invente aussi une passion pour le metal et le hard rock et prétend qu'elle a déjà traversé les États-Unis à moto. Ça marche plutôt bien : à l'apogée de sa notoriété – les années 1998 et 1999 –, elle fait trois fois la couverture de *Vogue*, devient l'égérie d'un parfum de Lancôme et prête son visage à une campagne automne-hiver 1999 de Burberry.

Lorsque je la rencontre en 2000, Almine a déjà quitté les podiums. Elle a trouvé de petits rôles dans des pubs et au cinéma. Elle est toujours aussi belle. Et cette beauté me fait tout accepter. Je suis dans une période où, à force d'être resté trop longtemps enfermé et enchaîné à mon ordinateur, j'ai un déficit de vie à combler. Après avoir essayé pendant des années de mettre de la vie dans mes fictions, j'ai besoin de mettre de la fiction dans ma vie. Je suis arrivé au bout des promesses de la vie par procuration. À mon tour, je veux éprouver les sentiments que je décris dans mes romans. À mon tour, je veux être le personnage d'un livre de Romain Ozorski. Je veux de la passion, du romanesque, du voyage, de l'imprévu. Et avec Almine, je vais être servi. Si dans ma tête c'est parfois la confusion, dans la sienne, c'est un chaos total. L'instant prime sur tout.

Le lendemain paraît lointain, le surlendemain n'existe pas. Au début, je suis sous le charme. Notre histoire est une parenthèse dans mon rythme bien réglé. Une parenthèse qui se prolonge à cause de ma vanité, parce que, vus de l'extérieur, nous « formons un beau couple » et que Théo finit par arriver dans notre vie et nous occupe beaucoup.

[Institut du monde arabe, pont de Sully, Bibliothèque nationale de France.]

Et puis, le train avait subitement déraillé. Pendant la crise financière de 2008, Almine avait eu une illumination : nous vivions en France sous un régime autoritaire et Nicolas Sarkozy était un dictateur. Je partageais sa vie depuis près de huit ans et jamais je ne lui avais connu de conscience politique. Sous l'influence d'un photographe, elle avait commencé à fréquenter les milieux anarcho-autonomes. Elle qui, auparavant, consacrait beaucoup de temps (et d'argent) à s'acheter des fringues avait vidé son dressing du jour au lendemain et donné toutes ses affaires à Emmaüs.

Elle avait tondu ses cheveux et s'était fait tatouer à l'arrache des dessins disgracieux sur les bras et dans le cou. Le A cerclé des anarchistes, un chat noir famélique en train de hurler à la mort et le fameux acronyme ACAB : *All Cops Are Bastards*.

Ses nouveaux amis – qui organisaient parfois leurs réunions révolutionnaires dans notre appartement – lui avaient aussi instillé un sentiment de culpabilité qu'ils exploitaient sans vergogne. Almine s'autoflagellait du matin au soir et distribuait son argent – qui accessoirement était aussi le mien – pour essayer de se racheter.

Pendant toute cette période, Théo n'existait plus vraiment à ses yeux. C'était principalement Kadija et moi qui assurions l'intendance. Bien sûr, je m'inquiétais pour elle et j'essayais de l'aider. Mais chaque fois j'étais renvoyé dans mes cordes : c'était *sa* vie, elle n'allait pas se laisser dicter sa conduite par son mari, la société patriarcale était terminée.

Au bout de quelques mois, je crus que la menace s'éloignait. Almine avait fini par prendre du recul avec les anarchistes. Elle s'était entichée de Zoé Domont, une instit de Lausanne qui l'avait initiée à l'écologie. Malheureusement, le même engrenage s'était mis en place. Une idée fixe en avait remplacé une autre : au désir de combattre la mondialisation avait succédé l'angoisse permanente des effets du changement climatique. Au départ, c'était une prise de conscience salutaire que je partageais. Puis très vite, c'était devenu une déprime hargneuse, une obsession sans aucune nuance : le monde s'effondrait, l'avenir n'existait plus. Plus aucun projet n'avait de sens, car nous allions tous mourir demain ou après-demain. Elle était passée de la détestation de la bourgeoisie à la détestation de la civilisation occidentale dans son ensemble (je n'ai jamais très bien compris pourquoi, dans l'esprit d'Almine, la Chine, l'Inde et la Russie avaient le droit de continuer à polluer).

Conséquence de cette fixation, notre vie quotidienne était devenue un enfer. Chaque geste anodin – prendre un taxi, une douche chaude, allumer la lumière, déguster une côte de bœuf, acheter un vêtement – était évalué à l'aune de son « empreinte carbone » et débouchait sur une tension et des débats sans fin. Elle s'était mise à me haïr, me reprochant d'être déconnecté des problèmes du monde et de vivre dans mes romans – comme si c'était moi tout seul qui avais bousillé la planète.

Et une nouvelle culpabilité minait ma femme : celle d'avoir « donné la vie à un enfant qui allait connaître la guerre et les massacres ». C'étaient les mots qu'elle employait devant Théo sans se rendre compte qu'elle lui transmettait son angoisse. Dans le même ordre d'idées, l'histoire du soir avait laissé place à des explications confuses et sans filtre sur la fonte des glaciers, la pollution des océans et la disparition de la biodiversité. Notre fils de cinq ans avait commencé à faire des cauchemars peuplés de milliers d'animaux morts et de gens qui se trucidaient pour un verre d'eau potable. Si j'avais une responsabilité, c'était celle d'avoir tardé à agir. C'est moi qui aurais dû prendre les devants et demander le divorce.

3.

Dans le ciel dégagé, on distinguait la silhouette de la colonne de Juillet qui se dressait au loin. Boulevard Morland, je dépassai le bâtiment de la Bibliothèque nationale de France pour prendre la rue Mornay jusqu'à l'un des endroits les plus insolites de Paris : le bassin de l'Arsenal, un petit port de plaisance qui reliait la Seine au canal Saint-Martin. C'était là qu'était venue s'installer Almine lorsqu'elle avait quitté le domicile conjugal.

Le long des berges se succédaient des dizaines d'embarcations de toutes tailles, de la péniche au voilier en passant par le vieux berrichon retapé ou le *tjalk* hollandais.

J'étais sur la passerelle métallique qui enjambait le bassin lorsque j'aperçus Almine de l'autre côté du quai, non loin de l'escalier en pierre qui rejoignait le boulevard de la Bastille. Je criai pour me signaler et courus dans sa direction.

— Salut, Almine.

Je fus accueilli par le visage même de la colère :

— Qu'est-ce que tu fous là, Romain ? Tu sais très bien que tu n'as pas le droit de m'approcher.

Elle dégaina son téléphone pour me filmer. Une nouvelle preuve contre moi dans le procès à venir. Stoïque, je la détaillai. Elle avait poursuivi sa transformation physique : tête rasée, silhouette amaigrie, veste de camouflage, des piercings partout. Elle portait un sac de marin et un nouveau tatouage sur le cou.

— Tu vas prendre cher, me prévint-elle, après avoir coupé le film.

J'étais sûr qu'elle l'avait envoyé *illico* par messagerie au cabinet franco-américain Wexler et Delamico qui défendait ses intérêts.

Des avocats redoutables qu'elle avait connus grâce à… moi.

— Tu vas gare de Lyon ? demandai-je en pointant le balluchon.

— Je vais rejoindre Zoé à Lausanne, mais ça ne te regarde pas.

À présent que j'étais plus près, je déchiffrais la phrase qu'elle s'était fait tatouer : le mot de Victor Hugo préféré des anars. *Police partout, justice nulle part.*

Je me mis dans sa roue.

— J'aimerais qu'on ait une conversation normale, Almine.

— Je n'ai rien à te dire.

— Je ne suis pas ton ennemi.

— Alors, dégage.

Arrivée en haut des marches, elle traversa le boulevard pour s'engager dans la rue de Bercy.

— Trouvons une solution à l'amiable. Tu ne peux pas me priver de mon fils.

— Il faut croire que si. D'ailleurs, pour ton information, je vais l'emmener aux États-Unis.

— Tu sais bien que ce n'est souhaitable pour personne. Ni pour lui, ni pour toi, ni pour moi.

Elle marchait d'un pas rapide en m'ignorant. Je m'accrochai :

— Tu as l'intention de t'installer dans ce hameau à Ithaca ?

Elle ne chercha pas à nier :

— Nous allons l'élever toutes les deux avec Zoé. Théo sera très bien avec nous.

— Qu'est-ce que tu veux de moi, Almine ? Encore plus d'argent ?

Elle s'esclaffa :

— Tu n'as plus un radis, Romain. Je suis plus riche que toi.

Malheureusement, c'était exact. Elle continua son train d'enfer. Une vraie cadence militaire.

— Mais Théo est aussi *mon* fils.

— Juste parce que tu as mis ta bite en moi ?

— Non, parce que je l'ai élevé et parce que je l'aime.

— Théo n'est pas ton enfant. Les enfants appartiennent aux femmes. Ce sont elles qui les portent, qui leur donnent la vie, qui les nourrissent.

— Je me suis beaucoup plus occupé de Théo que toi. Et je me fais du souci pour lui.

Tu lui mets des images d'apocalypse dans la tête et à de nombreuses reprises tu as dit devant lui que tu regrettais d'avoir eu un fils.

— Je le pense toujours. C'est irresponsable d'avoir un enfant aujourd'hui.

— Eh bien justement, laisse-le vivre avec moi. Pour moi, Théo est la meilleure chose qu'il me soit arrivée dans la vie.

— Toi, tu ne penses qu'à ta petite personne. Tes petites douleurs, ton petit confort psychique. Tu ne penses jamais ni aux autres ni à lui.

— Écoute-moi. Je ne doute pas que tu aimes Théo.

— Je l'aime à ma manière.

— Alors, il faut que tu reconnaisses que ce qu'il y a de mieux pour lui, c'est que tu restes à Paris. Là où il a son école, ses copains, son père, ses habitudes.

— Mais tout ça va voler en éclats, mon pauvre. Les bouleversements qui s'annoncent seront sans précédent. La Terre va devenir un champ de bataille.

Je sollicitai toute ma volonté pour garder mon calme.

— Je sais que tout ça te préoccupe beaucoup et tu as raison. Mais je ne vois pas le rapport immédiat avec notre fils.

— Le rapport, c'est qu'il faut que Théo s'endurcisse. Il faut le préparer au pire, tu comprends. Il faut le préparer aux révolutions, aux épidémies, à la guerre.

C'était fini. J'avais perdu. Nous étions bientôt à destination. Avec sa haute tour et ses quatre énormes horloges, le beffroi de la gare écrasait la place Louis-Armand. Sans y croire vraiment, je tentai un dernier aveu, espérant toujours faire appel à son cœur.

— Tu sais bien que Théo, c'est ma vie. Si tu me l'enlèves, je vais mourir.

Almine cala son sac sur son dos et, avant d'entrer dans la gare, me répondit :

— Mais c'est ce que je veux, Romain : je veux que tu crèves.

4.

Dans les heures qui suivirent, je revins à pied à Montparnasse, non sans m'être arrêté plusieurs fois dans des cafés, soit pour déjeuner, soit pour prendre une bière. J'étais atterré, face à une situation bien pire que tous mes cauchemars. Almine avait toujours connu une alternance de phases d'exaltation et de déprime, mais aujourd'hui, sa santé mentale me paraissait préoccupante. Pourtant j'étais le seul à m'en apercevoir et le dernier à pouvoir donner l'alerte puisque c'est moi qu'on allait prochainement juger.

Même après tous ses coups de poignard, j'étais jusque-là parvenu à ne pas la haïr parce que j'aimais mon fils et que sans notre rencontre Théo n'existerait pas. Mais pour la première fois, cet après-midi-là, je m'étais surpris à désirer qu'elle disparaisse de nos vies.

Près du boulevard Raspail, je retrouvai un petit groupe de manifestants que j'avais croisés le matin et qui n'étaient visiblement pas partis avec le reste du cortège. Ils refaisaient le monde en buvant du vin chaud. Posée à leurs pieds, une banderole colorée proclamait : *Pour la France d'en haut, des couilles en or ! Pour la France d'en bas, des nouilles encore !* Je repensai à ce que m'avait dit Almine à propos de mon manque d'engagement dans la vie réelle. Sur ce point, elle n'avait pas tort. La lutte collective me semblait souvent vaine. En tout cas, j'avais du mal à y trouver ma place. Surtout, le groupe me faisait peur. J'étais de l'école de Brassens : dès qu'on est plus de quatre, on n'est qu'une bande de cons. Les comportements moutonniers me consternaient, la meute me faisait horreur.

À seize heures vingt, j'étais avenue de l'Observatoire. Kadija m'attendait devant l'école. Je lui fis un résumé à peine édulcoré de mon échange avec Almine et lui proposai de passer la soirée à la maison avec Théo.

— Théo peut même rester dormir chez vous, me dit-elle. Almine n'a pas prévu de rentrer avant demain soir.

Je vis mon fils sortir et courir vers nous et immédiatement une décharge de dopamine irrigua mon cœur meurtri.

Nous profitâmes du chemin du retour pour nous arrêter chez deux ou trois commerçants et nous ravitailler en vue du dîner. C'est là, entre les poireaux et les dernières courgettes de la saison, que Kadija fondit en larmes. Elle m'avoua qu'elle pleurait toutes les nuits tant elle s'inquiétait pour Théo.

— J'ai pensé à un moyen pour empêcher Almine de partir. Il faut que je vous en parle.

Bien que son ton très déterminé me fît un peu peur, je ne pouvais qu'être d'accord avec elle. Elle essuya rapidement ses larmes lorsque Théo vint nous retrouver.

Arrivé à la maison, j'allumai la cheminée, supervisai les devoirs de mon fils et construisis avec lui un circuit à billes. Pendant que Kadija lui donnait sa douche, je cuisinai une omelette aux pommes de terre et aux oignons et tranchai des oranges pour faire une salade à la marocaine.

Après le dîner, Théo nous réserva un spectacle de magie qui nous fit tous beaucoup rire et la soirée se termina par la millième lecture de *Max et les Maximonstres* (l'album était si usé que j'avais chaque fois l'impression que les pages allaient s'émietter dans mes mains).

De retour dans le salon, j'aidai Kadija à débarrasser la table et à préparer du thé à la menthe que nous dégustâmes sans parler devant la cheminée. Ce fut elle qui brisa le silence :

— Vous devez AGIR, Romain. Maintenant, vous ne pouvez plus vous contenter de pleurer sur vous-même.

— Que voulez-vous que je fasse ?

Avec des gestes lents, la nounou (en fait ce terme ne lui correspondait pas vraiment) reprit une gorgée de thé avant de me poser à son tour une question :

— Qu'aurait fait votre père à votre place ?

La demande me surprit. Je n'avais pas imaginé voir surgir Krzysztof Ozorski dans cette conversation, mais au point où on en était…

— Je n'ai pas eu l'occasion de le connaître, il s'est tiré avant en nous abandonnant, ma mère et moi, alors que nous vivions à Birmingham. Mais on dit que c'était quelqu'un de violent et d'expéditif.

Elle saisit la balle au bond :

— Justement…

— Quoi ?

— Je connais des gens à Aulnay-sous-Bois. Des gens qui peuvent lui faire très peur.

— À qui ?

— À votre femme.

— Mais enfin, Kadija. La société ne peut pas fonctionner comme ça.

Pour la première fois, je la vis s'énerver :

— Vous êtes un homme, putain ! Ne vous couchez pas ! Prenez les choses en main ! cria-t-elle en se levant de sa chaise.

J'essayai de la calmer, mais elle mit fin à notre échange.

— Je monte dans ma chambre.

Je lisais dans ses yeux une immense déception.

— Attendez, je vais vous brancher le radiateur électrique.

— Non, je n'ai pas besoin de votre aide.

Alors qu'elle grimpait les premières marches, elle se retourna et me lança :

— Finalement, vous méritez ce qui vous arrive.

Et je compris que je venais de perdre mon dernier soutien.

5.

J'éteignis toutes les lumières. À présent, je n'avais plus personne pour m'épauler. Éditeur, amis, famille. Ils avaient été là dans les moments de gloire, lorsque c'était facile d'être à mes côtés. Même les lecteurs m'avaient lâché. Ils avaient porté mon nom en haut des listes des meilleures ventes, mais ils avaient déserté un par un. Par conformisme. Parce qu'une vidéo à la con avait circulé sur internet où on me voyait balancer un coup de pied dans un frigo, et parce qu'une pseudo-collapsologue qui avait lu trois livres dans sa vie s'était envoyé à elle-même des SMS débiles et outranciers.

Le bon sens et la raison avaient déserté le monde. Et le courage aussi.

J'avais toujours pensé que les solutions à nos problèmes se trouvaient en nous. Mais ce soir, je n'avais plus rien en moi. Plus rien en tout cas pour faire jaillir la moindre étincelle. J'étais vide. Ou plutôt, rempli de boue, de merde, de colère, de haine et d'impuissance.

Machinalement, je me remis devant mon clavier. Adoré et détesté. J'ouvris l'écran. La lumière bleutée me fit mal aux yeux, comme toujours, mais jamais je ne la baissais. J'aimais être ébloui, presque aveuglé, hypnotisé par l'écran. J'aimais cette sensation paradoxale d'introspection et de perte progressive de conscience. Ce moment de lâcher-prise où les repères se brouillent, prélude à l'absence, à la dissociation. Une porte ouverte sur l'inconnu. Un autre monde, une autre vie. Dix autres vies…

Quand j'étais malheureux, quand je n'avais plus personne à qui parler, il me restait mes personnages. Certains étaient, je le savais, plus malheureux que moi. C'était loin d'être une consolation, mais plutôt un sentiment de fraternité.

Je pensai à Flora. Quelle heure était-il en ce moment à New York ? Je comptai sur mes doigts pour intégrer le décalage horaire. Cinq heures de l'après-midi. Et c'est ce que j'écrivis sur mon écran.

`New York - 5 PM`

Dans le silence de la nuit, j'enfonçais les touches rétroéclairées. Comme au début d'une pièce pour piano. Avant même de voir les lettres – la « couleur des voyelles », l'ombre des consonnes –, j'écoutais le son produit par le clavier. Un feulement doux, presque mélodique. Le bruit de la liberté.

New York – 5 PM

Derrière mes paupières, la vibration d'un rideau de lumière. Autour de moi, un léger bourdonnement. J'ouvris les yeux. Un halo orangé envahissait tout. Je flottais dans un ciel safrané. Inondée de soleil, la…

9

Le fil de l'histoire

Il y avait longtemps déjà qu'il trouvait son bonheur dans un monde né de sa propre imagination.

John IRVING

1.

New York – 5 PM

Derrière mes paupières, la vibration d'un rideau de lumière. Autour de moi, un léger bourdonnement. J'ouvris les yeux. Un halo orangé envahissait tout. Je flottais dans un ciel safrané. Inondée de soleil, la cabine du téléphérique survolait les buildings de Midtown et les eaux de l'East River. La nacelle – qui transportait quelques touristes et des New-Yorkais après leur journée de travail – amorça sa descente vers Roosevelt Island.

Le cerveau dans la brume, les jambes menaçant de se dérober, je n'avais pas la moindre idée de ce que je faisais là. À nouveau, je ressentis l'impression d'asphyxie que j'avais eue lors de ma première incursion. Peut-être la pression de l'air n'était-elle pas la même dans le monde de la fiction. Suivit immédiatement cette sensation douloureuse de faim, comme si je n'avais rien avalé depuis longtemps et que je souffrais d'hypoglycémie.

La cabine arriva à son terminal. Je connaissais Roosevelt Island. C'était une île microscopique, une fine bandelette de terre sans grand charme entre Manhattan et le Queens. Je voulais parler à Flora Conway, mais je ne devinais rien de l'endroit où elle se trouvait.

Pourtant, c'est toi le patron, me murmura une voix dans ma tête. Oui, sans doute. Je sais que le texte est en train de s'écrire au fur et à mesure que les idées arrivent à l'autre partie de mon cerveau, cet autre moi qui me guide, assis derrière son écran avec sa tasse de thé et son plaid.

En quête d'indice – ou d'inspiration –, je regardai autour de moi. Parmi les gens qui quittaient le téléphérique, je repérai un jeune type – barbe rousse, chemise de bûcheron, chapeau trilby – qui portait une caméra professionnelle à la main et un gros sac de matériel à l'épaule. Probablement un journaliste. Je décidai de le suivre.

L'île était à peine plus grande qu'un mouchoir de poche. En moins de dix minutes, nous avions rejoint la pointe sud. Là où était implanté le Blackwell Hospital, un établissement de soins que tout le monde surnommait le Pentagone à cause de la forme de son bâtiment à cinq façades. À peine avais-je pénétré dans l'enceinte que ma fringale s'intensifia. Un étourdissement m'obligea à m'arrêter et je perdis de vue le journaliste.

Cette fois, j'étais vraiment mal en point, proche de rendre les armes. Une douleur atroce me cisaillait le ventre, du feu brûlait dans mes veines et mes membres semblaient coulés dans du béton. Il fallait que je mange quelque chose pour m'ancrer dans le monde de la fiction. Je retournai sur mes pas pour scruter le plan du centre hospitalier que j'avais repéré à l'entrée. La carte mentionnait la présence d'un *diner* de la chaîne Alberto's, ce qui était assez incongru vu que l'enseigne était plutôt spécialisée dans le genre de nourriture qui fait exploser votre cholestérol.

Le fast-food était installé dans un grand wagon chromé. Je grimpai sur l'un des tabourets en skaï rouge qui s'alignaient face au comptoir et commandai le plat « qui peut être servi le plus rapidement ». Presque instantanément, j'eus devant moi deux œufs sur un toast grillé que je dévorai comme si je levais une grève de la faim de dix jours.

Un Coca et un café achevèrent de me requinquer. Ayant retrouvé mes esprits, je parcourus du regard la salle du *coffee shop*. À côté de moi, un exemplaire du *New York Post* était posé sur le comptoir. Mon œil fut attiré par un titre à la une. Je m'emparai du journal et le dépliai pour lire l'article.

La romancière Flora Conway hospitalisée après une tentative de suicide

Brooklyn – La police et les services de secours d'urgence sont intervenus mardi soir 12 octobre au domicile de Flora Conway aux alentours de 22 heures. Découverte inanimée, les veines des poignets sectionnées, elle a été transportée

au Blackwell Hospital de Roosevelt Island dans un état critique.
Inquiète de ne plus recevoir de nouvelles de Mme Conway, c'est son éditrice et amie Fantine de Vilatte, qui a donné l'alerte en contactant le gardien du Lancaster, un condominium de Williamsburg. Selon une source médicale jointe dans la soirée, la romancière a repris connaissance et ses jours ne sont plus en danger. Une information confirmée par Mme de Vilatte : « Après ce geste malheureux, Flora est en train de recouvrer des forces. Comme nous le savons, elle traverse depuis quelques mois une période extrêmement difficile. Je ferai personnellement tout ce qui est en mon pouvoir pour que mon amie parvienne à surmonter ces épreuves. » Rappelons que cette tentative de suicide intervient six mois après la disparition de la fille de Flora Conway, la petite Carrie, qui...

2.

Je levai les yeux du tabloïd. Je savais enfin où se trouvait Flora et pourquoi elle était là. Tandis que je m'apprêtais à quitter le *diner*, je crus reconnaître une silhouette familière au fond du restaurant. Moustache poivre et sel fournie, crâne dégarni, profil bedonnant : Mark Rutelli était attablé dans un box, légèrement avachi sur une banquette en moleskine. Je quittai le zinc pour le rejoindre. Absorbé dans ses pensées, il avait laissé refroidir son hamburger et ses frites, mais avait déjà vidé plusieurs pintes de bière.

— On se connaît ? me demanda-t-il, suspicieux, alors que je prenais place en face de lui.

— En quelque sorte.

C'est moi qui vous ai donné la vie, mais inutile de m'appeler papa.

Son instinct de flic me perça à jour immédiatement :

— Vous n'êtes pas d'ici, vous ?

— Non, mais on est dans le même camp.

— Quel camp ?

— Je suis un ami de Flora Conway, expliquai-je.

Méfiant, il me fixa pour essayer de percer ce que j'avais en tête et dans le ventre. Je pensai à mes notes et aux fiches biographiques que j'avais concoctées avant de me lancer dans l'écriture de cette histoire. Je connaissais bien Rutelli : un bon mec, un flic consciencieux. Toute sa vie, il avait bataillé pour s'extraire des griffes d'une dépression et d'un alcoolisme chroniques qui avaient ravagé sa carrière, sa famille, ses amours. Sa sensibilité extrême le tuait à petit feu. Un nom de plus sur la longue liste des victimes de la malédiction des gentils, cette loi impitoyable qui brisait ceux qui n'étaient pas armés pour affronter la férocité et le cynisme.

— Je vous offre une autre bière ? demandai-je en levant la main pour appeler le serveur.

— Pourquoi pas. Au moins, vous n'avez pas la gueule d'un cloporte. Ou alors vous faites bien semblant.

— Un cloporte ?

D'un signe de la tête, il désigna la fenêtre. Je plissai les yeux pour voir à travers. Une dizaine d'hommes et une femme, vautrés sur les marches d'escalier. C'était le même groupe de « journalistes » que j'avais croisé à Williamsburg, devant l'appartement de Flora. Ils s'étaient simplement délocalisés à Roosevelt Island.

Notre bière arriva et Rutelli en descendit un bon tiers cul sec avant de me poser une colle :

— Vous savez ce qu'ils attendent ?

— La sortie de Flora, j'imagine.

— La *mort* de Flora, corrigea-t-il. Ils attendent qu'elle saute.

— N'exagérez pas.

Il essuya le duvet de mousse sur sa moustache.

— Regardez les caméras ! Elles sont braquées sur sa chambre, au septième étage.

Pour confirmer ses dires, il se leva et batailla comme un diable avec la fenêtre à soufflet. Il parvint à la faire basculer sur son axe horizontal, l'entrebâillant sur sa partie haute. L'ouverture nous permettait de capter des bribes de la conversation du groupe. Effectivement, ce n'était pas beau à entendre. « Si elle doit se foutre en l'air, qu'elle y aille ! Plein le cul de poireauter », lança une sorte de grand con au menton en galoche et aux oreilles décollées. Drapé dans un manteau noir qu'il portait comme une cape, il se donnait des airs mystérieux. « La lumière est parfaite, putain ! Avec le soleil rasant derrière, je peux te faire un plan à la Scorsese ! » pérorait le cameraman que j'avais suivi depuis la gare. La seule femme du groupe n'était pas en reste. « En plus on se gèle le zguègue », lança-t-elle en s'esclaffant, fiérote de sa plaisanterie. Puis elle entonna une petite chanson : « Elle va sauter ! Elle va sauter ! », bientôt reprise en chœur par ses confrères : « Elle-va-sau-ter ! Elle-va-sau-ter ! »

On avait dépassé le dernier stade de l'indécence, mais ils continuaient à creuser. La pornographie de l'*infotainment*. La nausée. La gerbe.

— Depuis le début, c'est ce qu'ils espèrent, se lamenta Rutelli : le suicide de Flora. La mort pour boucler la boucle. Avec si possible des images en direct. Un petit clip de trente secondes, un gif de sa chute. Parfait pour les *likes* et les retweets.

— Vous connaissez le numéro de chambre de Flora ?

— La 712, mais le personnel ne m'a pas laissé entrer.

Il termina sa bière et se frotta les paupières. J'aimais son regard dans lequel se lisaient une immense fatigue mais aussi quelques braises pouvant se rallumer.

— Venez, dis-je, moi, ils me laisseront passer.

3.

L'ascenseur nous propulsait vers le septième étage. Nous venions de traverser sans encombre le hall de l'hôpital. Personne ne nous avait demandé quoi que ce soit, comme si nous faisions partie des employés.

Rutelli était partagé entre la perplexité et l'admiration.

— Comment vous faites ça ? Vous êtes magicien ou quoi ?

— Non, le magicien, c'est mon fils. Moi, c'est autre chose.

— Je ne comprends pas.

— Je crois qu'on peut dire que je suis le *patron*.

— Le patron de quoi ?

— De tout. Enfin, de ce monde.

Les sourcils froncés, il me défia du regard.

— Vous vous prenez pour Dieu ?

— Le fait est que je suis *une sorte* de dieu.

— C'est ça…

— Mais ne croyez pas que ce soit facile tous les jours pour autant.

Il secoua la tête, pensant manifestement que j'étais complètement siphonné. Je lui en aurais bien dit davantage, mais les portes s'ouvrirent sur un long couloir étroit gardé par un drôle d'infirmier : un géant body-buildé dont la moitié du visage était complètement brûlée.

— Nous venons voir Mme Conway, chambre 712. Comment va-t-elle ?

— La princesse n'a rien voulu manger, se contenta de répondre Double-Face en nous montrant un plateau en métal.

Le repas avait pourtant l'air délicieux : concombres baignant dans une eau douteuse, poisson grisâtre dont l'odeur envahissait le couloir, champignons caoutchouteux, pomme rabougrie.

Malgré la taille du type, Rutelli le dégagea du passage comme un bulldozer, et je m'engageai à sa suite dans la chambre 712.

L'ameublement était spartiate : un lit étroit, une chaise Bertoia en métal nu et un petit bureau en contreplaqué surmonté d'un vieux téléphone mural de secours en Bakélite rouge.

Flora Conway était allongée sur le matelas, le regard dans le vague, son buste redressé reposant sur deux oreillers.

— Bonsoir, Flora.

Elle nous regarda sans manifester de surprise. Pendant un instant, j'eus même l'impression folle qu'elle nous attendait.

Rutelli, lui, était presque gêné. Timide, il semblait à l'étroit dans cette chambre exiguë, comme s'il ne savait plus très bien où caser sa carcasse.

— Vous devez avoir la dalle, finit-il par lâcher. La bouffe n'est pas terrible dans cette taule.

— Je comptais justement sur vous pour m'apporter à manger, Mark ! Où sont vos fameux blintzes au fromage de chez Hatzlacha ?

Comme pris en faute, le flic s'empressa de proposer de redescendre lui chercher quelque chose de comestible chez Alberto's.

— Ils ont un grand choix de salades, commença-t-il.

— Je pensais plutôt à un cheeseburger saignant dans un bon pain croustillant, rétorqua Flora.

— D'accord.

— Avec des oignons…

— OK.

— … des cornichons…

— Oui.

— … et des pommes de terre sautées.

— J'ai bien pris note du cahier des charges, assura-t-il avant de s'éclipser.

Resté seul avec Flora, je demeurai moi aussi quelques instants dans le silence. Puis je me lançai et lui fis remarquer, en désignant ses poignets bandés :

— Ce n'était peut-être pas la peine d'aller jusque-là.

— C'est tout ce que j'ai trouvé pour vous obliger à revenir.

Je m'assis sur la chaise à ses côtés tandis qu'elle me dévisageait.

— Vous non plus, vous n'avez pas l'air très frais.

— J'ai connu des jours meilleurs.

— Lorsque vous avez commencé à écrire mon histoire, c'est un épisode de votre vie que vous transposiez, n'est-ce pas ?

— Un épisode moins tragique : je vais perdre tout contact avec mon fils. Ma femme a manœuvré pour m'en enlever la garde et maintenant elle veut l'emmener vivre dans une secte écolo de l'État de New York.

— Quel âge a-t-il ?

— Six ans.

Je fouillai dans mon téléphone pour lui montrer une photo de Théo avec sa cape d'Houdini, son chapeau haut de forme, sa fine moustache dessinée au crayon de maquillage et sa baguette magique.

Elle fit de même et me montra des clichés du temps du bonheur : Carrie en train de jouer à la marelle, Carrie sur un manège à Coney Island, Carrie et son sourire espiègle, la bouche et la moitié du visage recouvertes de mousse au chocolat. Un mélange de nostalgie et d'infinie tristesse ponctué de fous rires et de larmes mélangés.

— J'ai réfléchi à ce que vous m'avez dit l'autre jour, reprit Flora au bout d'un moment. Moi aussi, lorsque j'écris, j'aime mettre mes personnages au bord du gouffre et les regarder se débattre.

— C'est le jeu, dis-je. On tremble avec eux en espérant qu'ils s'en sortiront même lorsqu'il n'y a aucune issue. Même lorsque la situation est désespérée, on espère toujours qu'ils trouveront une échappatoire. Mais on reste le maître à bord. Un écrivain ne peut pas se permettre d'abdiquer devant ses personnages.

La pièce était saturée par la chaleur. L'eau qui circulait dans le radiateur en fonte faisait un bruit d'enfer. Comme si le chauffage était en train de digérer un trop copieux festin.

— Mais même dans un roman, vous savez très bien que la liberté du créateur n'est pas totale, objecta Flora.

— Dans quel sens ?

— Il y a une *vérité* propre aux personnages. Une fois qu'ils sont entrés en scène, vous ne pouvez pas faire l'impasse sur leur identité, sur leur véritable nature, sur leur vie secrète.

Je me demandai où elle voulait m'emmener.

— Il y a un moment, poursuivit-elle, où il faut que les illusions se dissipent et où les masques doivent tomber.

Je comprenais mieux ses propos, mais je n'étais pas certain de vouloir la suivre sur ce terrain.

— Il y a quelque chose qu'un romancier doit à ses personnages, Romain. C'est leur part de vérité. Promettez-moi ma part de vérité !

Je me levai pour regarder à travers la vitre les rayons du soleil qui tiraient leurs derniers feux derrière les bâtiments colorés d'Astoria. Il faisait tellement chaud que je me permis d'ouvrir la fenêtre. C'est là que j'entendis des cris qui montaient depuis l'entrée. En me penchant, j'aperçus Mark Rutelli en train de se battre contre le groupe de journalistes. Il venait de balancer un coup de poing à celui qui rêvait d'être Scorsese. Pendant un moment, six puis sept de ses collègues tentèrent de le défendre en se jetant sur le flic. Mais Rutelli, malgré ses kilos en trop, repoussait ses assaillants comme des mouches. Alors que des infirmiers débarquaient pour mettre fin au combat, le téléphone d'alerte de la chambre se mit à sonner. Une alarme stridente qui écorchait les oreilles. Flora décrocha le combiné, écouta l'interlocuteur au bout du fil et me tendit le téléphone.

— C'est pour vous.

— Vraiment ?

— Oui, c'est votre femme.

4.

— C'est pour vous.

— Vraiment ?

— Oui, c'est votre femme.

Paris – Trois heures du matin

Dans la pénombre de mon salon, mon téléphone vibrait sur la surface en noyer de mon bureau. Sur l'écran, le prénom ALMINE brillait d'une lumière agressive. Dur retour à la réalité. Je me pris la tête dans les mains. Encore de graves ennuis en perspective. Pour je ne sais quelle raison, Almine avait dû rentrer de Lausanne en pleine nuit et s'apercevoir de l'absence de Théo. Puis soudain, l'évidence me sauta aux yeux : la grève des transports. Je décidai de ne pas prendre l'appel et, à la place, me connectai sur le site de la SNCF. Le site était lent, avec un communiqué laconique qui vous rappelait que vous n'étiez qu'un usager et pas un client. C'est finalement sur la page de la gare de Lyon-Part-Dieu que je trouvai l'info que je cherchais. Le TGV vers Lausanne n'était pas allé plus loin que Lyon. Almine avait dû s'épuiser à attendre un autre train et décider de rentrer à Paris. Lorsque je quittai le navigateur, je vis qu'elle m'avait laissé un long message.

Je lançai l'enregistrement, mais il ne contenait rien d'autre qu'un vague bruit de respiration et une phrase confuse dont je ne compris aucun mot. Peut-être que je m'inquiétais pour rien. Peut-être qu'Almine avait trouvé un autre moyen de se rendre en Suisse et que ce coup de fil n'était qu'un appel composé involontairement en rangeant son téléphone. Mais je ne parvins pas à me rassurer tout à fait. Agité par un sale pressentiment, je décidai de rappeler Almine, mais tombai sur son répondeur.

Que faire ?

J'enfilai un blouson et sortis de la maison par l'arrière. La pluie avait repris. Dense et drue. J'avais une petite voiture garée dans un box qui donnait sur une rue perpendiculaire. Une Mini Cooper que je n'utilisais presque pas, mais qui démarra au quart de tour. Je fis le même trajet que dans la matinée. À trois heures du matin, Paris est vide et je traversai la Seine en moins de dix minutes. Arrivé au port de l'Arsenal, je trouvai facilement une place boulevard Bourdon, juste à l'entrée du bassin.

Mon blouson au-dessus de la tête, je descendis l'escalier qui conduisait au quai. Sous la pluie, les pierres blanches luisaient comme une toile enduite de vernis. Rapidement, une grille métallique me barra le passage. Placardée sur le portail, une large pancarte en bois rappelait que l'accès au port était interdit au public la nuit et qu'un gardien et son chien faisaient des rondes.

Pas un chien ni un chat à l'horizon. Personne n'était assez con pour mettre le nez dehors par un temps pareil. J'escaladai la barrière et retombai de l'autre côté. Je ne me souvenais plus exactement de l'endroit du quai où était situé le bateau. De toute façon, il avait pu changer de place depuis la dernière fois où j'étais venu. À la seule lumière des lampadaires, je mis cinq bonnes minutes à retrouver la péniche. En partant, Almine s'était réfugiée dans un *tjalk*, un voilier néerlandais démâté qu'elle m'avait réclamé comme cadeau pour nos cinq ans de mariage. Je ne m'étais jamais senti vraiment à l'aise sur ce bateau et j'y avais rarement mis les pieds.

Je sautai sur le pont. La péniche était faiblement éclairée, mais la lueur indiquait une présence.

— Almine ?

Je frappai à la porte de la timonerie, sans obtenir de réponse.

Depuis la passerelle, je pénétrai dans la pièce principale. Un salon assez confortable avec table basse, canapé, télévision et un petit escalier qui montait au toit aménagé en terrasse. La péniche tanguait. À travers les vitres, je voyais les eaux boueuses de la Seine. J'avais toujours eu le mal de mer, même sur une péniche.

— Almine, tu es là ?

J'allumai la torche de mon téléphone et me dirigeai vers les deux chambres situées à l'une des extrémités. Et avant même d'y accéder, je vis le corps de ma femme allongé en travers du petit couloir.

Je m'accroupis à hauteur de sa tête. Elle avait perdu connaissance. Ses lèvres étaient bleues, ses ongles violets. Sa peau moite et glacée.

— Almine, Almine !

À côté d'elle, son téléphone portable, une bouteille de Grey Goose et un tube d'oxycodone. À présent, je reconstituai sans mal le scénario de la soirée. Almine était rentrée contrariée, avec des douleurs et sans doute déjà un peu ivre. Peut-être ne s'était-elle même pas rendu compte de l'absence de son fils. Elle avait mélangé la vodka avec l'oxycodone et éventuellement un somnifère. La voie royale vers la dépression respiratoire.

Je la secouai, ouvris ses paupières. Ses pupilles avaient rétréci pour n'être plus que des têtes d'épingle. Impossible de la tirer de sa somnolence profonde. Je vérifiai son pouls. Il battait au ralenti. Sa respiration était faible, mais rauque.

Plusieurs fois, je l'avais alertée : sa consommation d'opioïdes dépassait bien trop souvent les doses prescrites. Elle les mélangeait avec de l'alcool, des somnifères, des anxiolytiques. Je l'avais déjà vue aussi écraser les médocs, les réduire en poudre pour en décupler l'effet.

Ce n'était pas sa première overdose. Deux ans plus tôt, elle avait déjà perdu connaissance et c'est moi qui l'avais tirée d'affaire grâce à un spray de naloxone. Depuis, j'en avais toujours gardé dans notre pharmacie. Restait à espérer qu'Almine était partie avec ça aussi. J'allai dans la salle de bains et fouillai partout. Je finis par trouver le fameux produit.

Je déchirai l'enveloppe protectrice du kit. La naloxone n'était pas un médoc miracle, mais elle permettait à court terme de stopper l'action de la morphine en attendant les secours.

Tout à coup j'interrompis mon mouvement, et un phénomène étrange se produisit. Je me détachai de l'action pour en devenir un spectateur lointain.

Le temps se dilata et une évidence jaillit avec force. Je pouvais sauver Almine, mais je pouvais aussi ne rien faire. Me contenter de la laisser mourir. Et tous mes problèmes disparaîtraient avec elle. Théo resterait scolarisé à Paris et je finirais par récupérer sa garde. La mort d'Almine par overdose discréditerait les accusations qu'elle avait portées contre moi et me sortirait de mes ennuis judiciaires et financiers. La vie m'offrait sur un plateau un retournement de situation inattendu.

Mon cœur s'emballa. J'étais enfin aux commandes, comme dans mes romans. *Finalement, vous méritez ce qui vous arrive* : je revoyais le visage sévère de Kadija en train de me traiter de lâche. Cette fois, il ne fallait pas que je flanche. Almine s'était mise toute seule dans cette situation. J'étais maître de mon destin, unique décisionnaire de faire basculer ma vie dans un sens ou dans l'autre. J'allais élever mon fils, lui préparer son chocolat tous les matins, lui lire une histoire tous les soirs, partir avec lui en vacances. Ne plus avoir peur de le perdre. Enfin.

5.

Je sortis sur le pont. La pluie avait redoublé d'intensité. Toujours pas un chat. On n'y voyait pas à dix mètres. Personne ne m'avait vu entrer ici. Peut-être y avait-il des caméras de surveillance à cet endroit du port, mais c'était loin d'être certain. Et qui irait vérifier ? L'overdose était limpide. Ce n'était pas moi qui avais tué Almine. C'était elle. Son comportement, sa folie, sa volonté de nuire.

Je courais sous la pluie. J'allais vraiment faire ça. Je savais que je ne reviendrais pas en arrière. À distance, je déverrouillai la porte de la voiture et m'engouffrai dans l'habitacle. Je démarrai le moteur sans attendre, désireux de mettre le plus vite possible de la distance entre moi et cette péniche. J'enclenchai la marche arrière et poussai un hurlement.

— Bordel ! Vous m'avez fait peur !

Flora Conway était assise sur le siège passager. Avec ses cheveux secs coupés au carré, son regard vert qui vous transperçait, sa robe-pull en laine brodée et sa veste en jean.

— Comment êtes-vous entrée dans cette bagnole ?

— Il n'y a personne d'autre que vous dans cette voiture, Romain. Tout se passe dans votre tête, vous le savez très bien. Les personnages qui viennent hanter l'écrivain qui leur a donné vie : vous en parlez à longueur d'interview.

Je fermai les yeux quelques secondes et pris une longue respiration, espérant que lorsque j'allais rouvrir mes paupières Flora Conway aurait disparu. Mais ce n'était pas le cas.

— Barrez-vous, Flora.

— Je suis venue vous empêcher de commettre un meurtre.

— Je n'ai tué personne.

— Vous êtes en train de le faire. Vous êtes en train de tuer votre femme.

— Non, on ne peut pas voir les choses comme ça. C'est elle qui veut ma peau.

— Mais en ce moment précis, c'est elle qui est en train de se noyer dans son vomi.

Un rideau de pluie recouvrait le pare-brise. Coup sur coup, deux éclairs déchirèrent le ciel, bientôt suivis d'un lourd roulement de tonnerre.

— Ne me compliquez pas la tâche, s'il vous plaît. Retournez d'où vous venez. À chacun ses problèmes.

— Les vôtres sont les miens, les miens sont les vôtres, vous le savez bien.

— Justement, la mort d'Almine résoudrait tous mes problèmes.

— Vous n'êtes pas comme ça, Romain.

— Tous les êtres humains sont des assassins en puissance. Vous avez même écrit là-dessus : un enfant peut tuer, une arrière-grand-mère peut tuer.

— Si vous laissez mourir Almine, vous basculerez de l'autre côté. Un côté d'où on ne revient pas.

— Ce sont des formules toutes faites.

— Non ! Vous ne serez plus jamais le Romain Ozorski d'avant. La vie ne va pas reprendre son cours tranquillement.

— Je n'ai pas d'autre choix pour garder mon fils. Même si je sauve Almine, cette furie ne m'en saura aucunement gré. Au contraire.

Elle se dépêchera de foutre le camp aux États-Unis.

— Dans le cas contraire, vous serez un assassin et ça vous hantera nuit et jour.

L'orage s'était encore intensifié. J'avais l'impression que la pluie qui criblait le toit ouvrant allait faire exploser la surface de verre. Dans l'habitacle, l'air était devenu irrespirable, au point que je décidai de renverser la table.

— Je mets mon destin entre vos mains, Flora. Si j'abandonne Almine, vous récupérez Carrie. Si je sauve ma femme, vous ne reverrez pas votre fille. C'est vous qui décidez.

Elle ne s'attendait pas à ça. Son expression changea et retrouva instantanément le côté dur que je lui connaissais.

— Vous êtes vraiment un salaud.

— À vous de prendre vos responsabilités.

De rage, elle envoya un coup de poing contre la vitre.

J'essayai de maintenir ma pression :

— Alors, décidez-vous ! Vous y allez, vous, *de l'autre côté* ?

Elle baissa les yeux, vidée, épuisée.

— Moi, je veux simplement la vérité.

Elle me regarda une dernière fois avant d'ouvrir la portière et de quitter la voiture. Nous étions tous les deux dans la même impasse. Dans ses yeux, c'était ma douleur que je lisais. Dans son épuisement, ma propre détresse. Je sortis sous la pluie pour la retenir, mais elle avait disparu. Et je compris que c'était sans doute la dernière fois que je voyais Flora Conway.

Vaincu, je retournai à l'escalier en pierres blanches qui descendait vers les péniches et, une fois sur le quai, je décrochai mon téléphone pour appeler le Samu.

10

L'empire de la douleur

La vie, ce fardeau qui nous est imposé, est trop lourde pour nous, elle nous apporte trop de souffrances, de déceptions, de problèmes insolubles. Pour la supporter, nous ne saurions nous passer de sédatifs.

Sigmund FREUD

1.

Cape Cod, Massachusetts

L'ambulance fonçait sur le chemin de terre qui serpentait entre les dunes, soulevant dans son sillage des nuages de poussière. Le soleil qui déclinait à l'horizon allongeait les ombres des pins et des arbustes et colorait la végétation d'un filtre orangé.

Les deux mains accrochées au volant, le regard déterminé, Flora encaissait les secousses sans réduire sa vitesse. La pointe nord de Winchester Bay se prolongeait jusqu'à un ancien phare octogonal d'une douzaine de mètres de haut construit sur une petite colline. 24 Winds Lighthouse : le phare des 24 Vents. Reliée à la tour, une jolie maison blanche, bardée de planches, coiffée d'un toit pointu en ardoise, regardait l'océan. La résidence secondaire de Fantine.

Flora remonta l'allée de gravier qui conduisait jusqu'au bâtiment et gara à côté du roadster de son éditrice le véhicule qu'elle avait volé quelques heures plus tôt. Cerné par les vagues et les rochers, l'endroit inspirait des sentiments contraires. Tantôt, lorsque le soleil brillait, on était dans un paysage bucolique de carte postale ou dans les peintures marines un brin champêtres que les propriétaires de Martha's Vineyard ou de Cape Cod aimaient afficher dans leur bicoque. Tantôt, lorsque les nuages et le vent avaient le dessus, le décor prenait un tour beaucoup plus tourmenté et dramatique. Ce qui était le cas à cette heure où le soleil venait de disparaître. Plongées dans l'ombre, les falaises de granit figeaient le panorama et déformaient les perspectives comme dans certaines toiles inquiétantes de Hopper.

Flora était déjà venue ici deux fois, avant que Fantine n'entreprenne des travaux pour restaurer la bâtisse. Résolue, elle monta la volée de marches jusqu'à l'entrée du cottage abritée sous un petit porche. Elle frappa à la porte et n'attendit que quelques secondes avant que Fantine vienne lui ouvrir.

— Flora ? Je… tu ne m'as pas prévenue.

— Je te dérange ?

— Au contraire. Je suis heureuse de te voir.

Jean cintré, chemisier bleu aux boutons nacrés, ballerines plates en cuir verni : Fantine restait élégante en toutes circonstances. Même seule chez elle, un début de week-end, dans cette maison coupée du monde.

— D'où viens-tu ? demanda-t-elle en jetant un coup d'œil méfiant à l'ambulance.

— De chez moi. Tu m'offres un verre ?

L'éditrice eut une seconde d'hésitation qui n'échappa pas à Flora, puis se reprit.

— Bien sûr, entre !

La maison avait été bien retapée : traversé de poutres apparentes et coiffé d'une baie vitrée panoramique, le salon offrait une vue sans fin sur l'océan. Tout était de bon goût, à l'image de la propriétaire : le parquet à grandes lattes en chêne huilé, les meubles aux teintes douces en bois cérusé, la banquette Florence Knoll en tissu rose poudré. Flora imaginait très bien Fantine dans ce canapé, emmitouflée dans un plaid en cachemire, en train de lire des manuscrits prétentieux en buvant à petites gorgées de la tisane bio fruitée achetée à un nouvel artisan de Hyannis Port.

— Qu'est-ce qui te ferait plaisir ? Je viens de préparer du thé glacé.

— C'est très bien.

Tandis que Fantine s'éclipsait dans la cuisine, Flora s'approcha de la fenêtre. Très loin, à l'horizon, un voilier solitaire poussé par la houle semblait sur le point de disparaître. Des nuages tourbillonnaient dans le ciel. Elle eut à nouveau l'impression que la réalité vacillait et ressentit une impression d'enfermement malgré l'ouverture sur l'océan. Les falaises qui tombaient à pic, la rumeur du ressac, le cri des mouettes l'étourdissaient.

Elle recula pour trouver refuge du côté de la cheminée. À l'image du reste de la pièce, l'espace « près du feu » était cosy et bien ordonné : un panier à bûches, un soufflet quasi neuf, un serviteur en métal poli qui offrait un écrin à un tisonnier et à une pince. Sur le manteau, une pomme bouche en bronze de Claude Lalanne et une plaque de cuivre que Flora avait vue autrefois vissée au muret qui entourait la maison. Une rose des vents gravée dans le métal qui énumérait les différents vents connus dans l'Antiquité. Sous la rosace, une inscription latine prévenait : *Après le souffle des vingt-quatre vents, il ne restera rien.* Tout un programme…

— Voici ton thé.

Flora fit volte-face. À un mètre d'elle, Fantine lui tendait un grand verre avec des glaçons. Elle ne semblait pas rassurée.

— Tu es sûre que ça va, Flora ?

— Très bien. Toi, par contre, tu as l'air inquiète.

— Que fais-tu avec ce tisonnier dans la main ?

— Tu as peur de moi, Fantine ?

— Non, mais…

— Eh bien, tu as tort.

L'éditrice fit un pas en arrière et essaya de porter les mains devant son visage pour se protéger du coup, mais elle ne fut pas assez rapide. Le diable venait de tirer un rideau noir devant ses yeux. Elle eut l'impression très étrange d'entendre le bruit de son corps qui s'affaissait sur le parquet, et perdit connaissance.

2.

Lorsque Fantine ouvrit les yeux, la nuit était tombée. Depuis longtemps sans doute, car il faisait noir. Une brûlure courait à l'arrière de son cou, partant de la clavicule pour remonter jusqu'à la nuque. Elle ne pouvait la voir, mais elle imaginait une boursouflure, une cloque démesurée qui déformait sa peau. Ses paupières étaient lourdes comme si elle sortait d'une anesthésie et il lui fallut un long moment pour comprendre où elle se trouvait : au sommet de la tour du phare. Dans l'espace étroit où était installée autrefois la lanterne. Ses poignets et ses avant-bras étaient solidement ligotés à la chaise Adirondack qui se trouvait d'habitude dans la véranda. Entravés par un filet de pêche, ses pieds ne pouvaient faire le moindre mouvement.

Figée dans sa sueur glacée, Fantine essaya de tourner la tête, mais elle souffrait trop pour achever son mouvement. Le vent faisait trembler les vitres de la coupole. Une demi-lune émergea soudain des nuages, haut dans le ciel, et se refléta sur l'océan.

— Flora ! cria-t-elle.

Mais elle n'obtint aucune réponse.

Fantine était terrifiée. Le minuscule local baignait dans son jus un peu crasseux. Ici, ça sentait le sel, la transpiration et la poiscaille, même s'il n'en était sans doute pas monté jusqu'ici. C'était un endroit de la propriété qu'elle n'avait pas rénové, dans lequel elle ne se sentait pas à l'aise et où elle ne mettait jamais les pieds malgré la vue époustouflante.

Soudain, le parquet craqua et Flora apparut devant elle, le visage de marbre, les yeux animés d'une flamme folle.

— À quoi tu joues, Flora ? Détache-moi !

— Ferme-la. Je ne veux pas t'entendre.

— Mais qu'est-ce que tu fais ? Je suis ton amie, Flora, je l'ai toujours été.

— Non, tu es juste une femme qui n'a pas d'enfant et qui ne peut pas me comprendre.

— Tout ça n'a aucun sens.

— Ferme-la, j'ai dit ! hurla-t-elle en envoyant une gifle à son éditrice.

Cette fois Fantine se tut, des larmes coulant sur ses joues. Flora s'appuya contre la rambarde en bois et fouilla dans une trousse de soins d'urgence qu'elle avait récupérée dans l'ambulance. Une fois qu'elle eut trouvé ce qu'elle cherchait, elle se rapprocha de l'éditrice.

— J'ai beaucoup réfléchi depuis six mois, tu sais…

Un éclat de lune fit apparaître ce que Flora tenait dans la main : un bistouri au manche plat d'une vingtaine de centimètres.

— J'ai beaucoup réfléchi et voici ce que je pense : je crois que sous tes petits airs proprets, tu es une tarée. Une tarée démoniaque.

Fantine sentit son pouls s'emballer et la panique creuser son ventre. Elle pouvait essayer de hurler, personne ne l'entendrait. Ici, on était presque dans une brèche hors du temps, comme s'il n'y avait plus de frontière entre le passé, le présent et l'avenir. Le vent faisait un bruit d'enfer, le plus proche voisin était à plus d'un kilomètre et il avait quatre-vingt-cinq ans.

Tendue, possédée, Flora développa sa pensée :

— Depuis la naissance de Carrie, tu me serines que je me suis amollie, que j'ai perdu mon tranchant, ma percussion, ma créativité. Alors voilà précisément ce que je crois : tu as enlevé ma fille pour me plonger dans un immense chagrin.

— Mais non !

— Si, ça a toujours été ton credo, la méthode Lobo Antunes : « L'homme souffre et l'écrivain se demande comment utiliser cette souffrance dans son travail. » Les livres que tu préfères sont ceux écrits avec une plume trempée dans le sang et les larmes. Tu voulais que je me nourrisse de ma peine pour écrire un roman. Un roman sur la douleur pure. Un livre qui n'aurait encore jamais été écrit. Car au fond, depuis le départ, tu ne cherches que ça : extraire de moi des émotions pour que j'en fasse des livres.

— Tu ne peux pas croire ce que tu dis là, c'est de la folie, Flora. Tout ça t'a rendue folle.

— Bien sûr, tous les vrais créateurs sont fous. Leur cerveau est en suractivité permanente, toujours sur le point d'imploser. Alors, écoute-moi bien, je vais te poser *une seule* question à laquelle je ne veux *qu'une seule* réponse.

Elle approcha le bistouri à quelques centimètres des yeux de Fantine.

— Si ta réponse ne me convient pas, tant pis pour toi.

— Non, repose ça. Je t'en supplie.

— Ta gueule. Voici ma question : où séquestres-tu ma fille ?

— Je n'ai rien fait à Carrie, Flora, je te le jure.

Avec une force surprenante, Flora l'attrapa à la gorge et commença à l'étrangler d'une seule main en grondant de rage.

— Où séquestres-tu ma fille ?

Flora relâcha sa pression au bout de quelques secondes, mais alors que Fantine reprenait son souffle, la romancière abattit le bistouri dans un cri de fureur. L'arme transperça la main de l'éditrice pour se planter dans l'accoudoir en bois.

Un silence. Puis un hurlement terrible. Fantine regardait avec horreur sa main clouée au fauteuil, le visage déformé par la douleur.

— Pourquoi tu *m'obliges* à faire ça ? demanda Flora.

Elle essuya la sueur sur son front et, dans son élan, fouilla à nouveau la trousse médicale d'urgence pour en sortir un autre scalpel, plus court et plus effilé.

— Le prochain, il te crèvera d'abord le tympan avant d'aller charcuter ta cervelle, prévint-elle en agitant le bistouri devant les yeux terrorisés de l'éditrice.

— Ressaisis… ressaisis-toi, haleta Fantine, au bord de l'évanouissement.

— Où séquestres-tu ma fille ? répéta Flora.

— D'accord, je vais… Je vais te dire la vérité.

— Ne me dis pas que tu *vas* la dire. Dis-la ! Où est Carrie ?

— Dans un cer… un cercueil.

— Quoi ?

— Dans un cercueil, gémit-elle. Au cimetière de Green-Wood, à Brooklyn.

— Non, tu mens.

— Carrie est morte, Flora.

— Non !

— Ça fait six mois qu'elle est morte. Six mois que tu es internée à Blackwell parce que tu refuses de l'admettre !

3.

Flora encaissa la dernière phrase en reculant puis en titubant, comme si on venait de lui loger une balle dans le ventre. Elle posa les mains sur ses oreilles, incapable d'écouter la suite de cette vérité qu'elle avait pourtant si ardemment désirée.

Elle abandonna Fantine à son sort, descendit l'escalier jusqu'au rez-de-chaussée et sortit dans l'obscurité. Une fois dehors, elle fit quelques pas en direction de la falaise. La nuit était maintenant magnifique, d'une clarté limpide et éblouissante. Le vent se déchaînait, les vagues se fracassaient contre les rochers. Des images insoutenables, trop longtemps refoulées, crépitaient devant ses yeux.

Toutes les digues de son esprit étaient en train de céder, engloutissant son dernier refuge, noyant la moindre parcelle d'un territoire qu'elle avait réussi à préserver hors des zones inondables. Le raz-de-marée emporta tout sur son passage, faisant voler en éclats les défenses mentales érigées depuis six mois et disjoncter le coupe-circuit qui maintenait son cerveau à l'abri de la pire réalité : sa propre responsabilité dans la mort de son enfant.

Arrivée près du bord de la côte rocheuse et escarpée, Flora comprit qu'elle allait se précipiter dans le vide pour mettre fin aux horreurs qui défilaient dans sa tête. Aucune forme de vie n'est plus possible lorsque vous avez tué votre fille de trois ans.

Quelques secondes avant la délivrance, un halo ambré apparut derrière elle. L'homme-lapin au costume de groom émergea du cercle lumineux. L'éclat de la lune faisait briller les galons et les boutons dorés de sa veste vermillon. Sa tête était difforme, encore plus effrayante que la dernière fois. Flora pensa qu'il aurait terrifié sa petite Carrie avec ses dents immenses et ses oreilles poilues et pendantes. Mais Carrie avait dû être plus terrifiée encore lorsqu'elle s'était sentie chuter de six étages.

Le lapin ne cherchait pas à cacher son sourire triomphant.

— Je vous l'avais dit : quoi que vous fassiez, vous ne pourrez jamais changer la fin de l'histoire.

Cette fois Flora n'essaya même pas de lui répondre. Elle baissa la tête. Elle avait envie que tout ça se termine. Très vite. Satisfait de sa victoire, le lapin enfonça le clou :

— La réalité vous fera rendre gorge, toujours.

Puis il tendit sa grosse patte velue à Flora et désigna de la tête le gouffre qui s'ouvrait sous leurs pieds.

— Voulez-vous sauter avec moi ?

Presque soulagée, Flora acquiesça et attrapa la main.

À la lumière du jour

Ma Carrie.

Le 12 avril 2010 était un bel après-midi, clair et ensoleillé, comme New York en offre beaucoup au printemps. Fidèle à nos habitudes, j'étais allée à pied te chercher à ton école.

De retour chez nous, au Lancaster Building, au numéro 396 de Berry Street, tu avais enlevé tes baskets pour enfiler tes chaussons préférés, les roses avec leurs pompons cotonneux que t'avait offerts ta marraine Fantine. Tu m'avais suivie jusqu'au meuble audio et tu m'avais demandé de mettre de la musique en tapant dans tes mains. Tu m'avais aidée un moment à vider la machine à laver et à étendre le linge avant de me réclamer une partie de cache-cache.

— Ne triche pas, maman ! m'avais-tu grondée en m'accompagnant dans ma chambre.

Je t'avais embrassée sur ton petit nez. Puis, les mains sur les yeux, j'avais commencé à compter à voix haute, ni trop lentement ni trop vite.

— Un, deux, trois, quatre, cinq…

Je me souviens de la lumière presque irréelle de cet après-midi-là. Un halo orangé qui colorait cet appartement que j'aimais tant et dans lequel nous étions si heureuses.

— … six, sept, huit, neuf, dix…

Je me souviens très bien du bruit feutré de tes petits pas sur le parquet. Je t'ai entendue traverser le salon, bousculer le fauteuil Eames qui trônait face à l'immense mur de verre. Il faisait si bon. Mon esprit légèrement engourdi par la chaleur de l'appartement et par la mélodie vagabondait, ici et là.

— … onze, douze, treize, quatorze, quinze…

Je n'avais jamais été aussi heureuse que cette dernière année. J'aimais vivre avec toi, jouer avec toi, j'aimais notre complicité. Dans notre époque apocalyptique, les médias multipliaient les reportages et les témoignages de couples qui expliquaient qu'au nom de l'urgence écologique et de la surpopulation ils avaient fait le choix « raisonné » de ne pas avoir d'enfant. C'était un choix que je respectais, mais ce n'était pas le mien.

— … seize, dix-sept, dix-huit, dix-neuf et vingt.

J'ai ouvert les yeux et je suis sortie de la chambre.

— Attention, attention ! Maman arrive !

Je n'ai rien tant aimé sur cette Terre que de partager des moments avec toi, et le simple fait d'avoir connu ces moments excuse et justifie tout le reste.

Donne un sens à tout le reste.

— Carrie n'est pas sous les coussins… Carrie n'est pas derrière le canapé…

Un souffle glacé parcourut soudain la pièce, comme un courant d'air. J'ai suivi des yeux un rayon de soleil qui remontait sur le parquet blond. Au niveau du sol, un des grands panneaux vitrés du mur de verre avait basculé, laissant un espace béant vers le vide.

Mon ventre se déchira, une boule de terreur monta dans ma gorge et je perdis connaissance.

La fille de la romancière Flora Conway se tue après une chute de six étages

AP, 13 avril 2010

Carrie Conway, trois ans, la fille de l'écrivaine galloise Flora Conway, est décédée hier après-midi en chutant du sixième étage du Lancaster Building. Peu de temps après être rentrée de l'école, la fillette a atterri sur le trottoir de Berry Street, devant l'entrée de cet immeuble de Brooklyn où elle vivait avec sa mère depuis janvier dernier. Très grièvement blessée, elle est décédée dans l'ambulance des suites de ses blessures.

D'après les premières constatations, la chute aurait eu lieu depuis une fenêtre de l'appartement qui serait restée accidentellement ouverte après le passage d'une entreprise de nettoyage.

« À ce stade de l'enquête, il semble que cette mort soit un tragique accident », a déclaré le *detective* Mark Rutelli, premier policier à être intervenu sur le lieu du drame.
En état de choc, Flora Conway a été conduite au Blackwell Hospital de Roosevelt Island. Le père de la petite fille, le danseur Romeo Filippo Bergomi, n'était pas présent aux États-Unis lors de l'accident.

*

La négligence coupable de Flora Conway

New York Post, 15 avril 2010

On y voit plus clair aujourd'hui sur les circonstances de la mort de la petite Carrie Conway. [...]
Dès le soir du drame, le *lieutenant* Frances Richard qui supervise l'enquête de police avait indiqué que ses homologues du Health Department s'étaient saisis du volet administratif des investigations. Une procédure avait été lancée afin de vérifier si l'immeuble était en conformité avec les lois municipales

d'urbanisme. Le Lancaster, un beau bâtiment en fonte situé sur Berry Street, servait autrefois d'entrepôt à une manufacture de jouets. Avant d'être luxueusement rénové, il était resté en déshérence pendant près de trois décennies.

Les bureaux du promoteur immobilier ayant commercialisé les appartements ont été perquisitionnés ce mardi. Les documents trouvés à cette occasion montrent que la vente a été signée et les clés remises à Mme Conway avant l'achèvement des travaux de réhabilitation, et notamment avant la sécurisation des ouvertures. Néanmoins la transaction a été réalisée dans les règles, Mme Conway ayant signé une décharge. Dans cette lettre, elle s'engageait à mettre aux normes elle-même et à ses frais toutes les ouvertures vitrées, notamment par l'ajout de garde-corps intérieurs. « Selon une inspection de nos services, la mise aux normes n'a pas été réalisée par Mme Conway », a déclaré ce jour Renatta Clay, la patronne du NYC Law Dpt, lors d'une brève intervention devant la presse. C'est donc cette négligence et en aucun cas l'action du promoteur ou de l'entreprise de nettoyage qui est directement responsable de la mort tragique de sa fille. « Ce constat, ajoute Mme Clay, ne remet pas en cause le caractère accidentel de la mort de Carrie Conway », précisant qu'aucune charge criminelle ne serait retenue contre quiconque dans cette affaire. L'inhumation de la petite fille est prévue vendredi 16 avril au cimetière de Green-Wood à Brooklyn, dans la plus stricte intimité.

11

La liturgie des heures

Seul celui qui descend aux Enfers sauve la bien-aimée.
Søren KIERKEGAARD

Trois mois plus tard
Le 14 janvier 2011

Il n'y eut aucun miracle, bien au contraire. Aussitôt qu'Almine fut tirée d'affaire, elle s'empressa d'avancer son voyage à New York. Initialement prévu à Noël, le départ se fit dès le début des vacances de la Toussaint. Et depuis, je n'avais que des nouvelles très partielles de mon fils. L'éco-hameau de Pennsylvanie où Almine avait suivi Zoé Domont se vantait d'être une zone sans Wi-Fi, dans laquelle le réseau téléphonique était aléatoire, ce qui était très commode pour ne pas répondre à mes appels.

Aujourd'hui – jour de son anniversaire – Théo avait été brièvement hospitalisé à Manhattan pour une intervention bénigne, la pose d'un yoyo dans son oreille droite qui enchaînait les otites. J'avais pu lui parler quelques minutes en visioconférence pour le rassurer avant qu'il entre en salle d'opération.

Lorsqu'il avait raccroché, j'étais resté plusieurs minutes immobile, les yeux dans le vague, groggy, en pensant aux traits fins du visage de mon fils, à son regard radieux qui traduisait son appétit de vie et de découverte. Ce côté à la fois candide et curieux qu'Almine n'avait pas encore réussi à abîmer.

Il neigeait depuis le matin. Abruti par le chagrin et par une bronchite persistante, je décidai de me recoucher. Depuis qu'on m'avait enlevé Théo, j'avais lâché prise. Mon système immunitaire était devenu une passoire. Grippe, sinusite, laryngite, gastro : rien ne m'avait été épargné. Défait, j'avais traversé le tunnel des fêtes de fin d'année recroquevillé sur moi-même. Je n'avais plus de famille et jamais eu de vrais amis. Mon agent avait bien tenté de maintenir un contact amical, mais j'avais fini par l'insulter et l'envoyer paître. Je ne voulais pas de sa compassion. Pour le reste, la « grande famille de l'édition » m'avait lâché en rase campagne. Ce qui ne m'avait ni surpris, ni affecté. Je sais depuis longtemps et ma lecture d'Albert Cohen que « chaque homme est seul et tous se fichent de tous et nos douleurs sont une île déserte ». Et les distances couardes qu'ils avaient prises avec moi n'avaient pour corollaire que le mépris que ce petit marigot m'avait toujours inspiré.

Je me réveillai vers dix-sept heures, brûlant de fièvre et suffoquant. J'avais avalé un quart de litre de sirop pour la toux depuis la veille et j'étais toujours aussi mal en point malgré le Doliprane et les antibiotiques. Je me fis violence pour m'asseoir sur le lit et je commandai un taxi par téléphone.

N'ayant jamais eu de médecin de famille, je me traînai chez le pédiatre qui avait suivi Théo depuis sa naissance. Un excellent pédiatre à l'ancienne qui avait son cabinet dans le dix-septième arrondissement. Le toubib aimait bien mes livres et, en voyant mon sale état, dut surtout avoir pitié de moi.

Il prit le temps de m'ausculter et m'envoya sur-le-champ passer une radio des poumons, après m'avoir fait promettre d'aller dès le lundi consulter un confrère pneumologue. Il m'assura qu'il l'appellerait pour me trouver un rendez-vous.

Dans la foulée, je me rendis donc à l'Institut de radiologie de Paris où je patientai deux bonnes heures avant de ressortir avec un cliché alarmant de l'état de mes alvéoles.

La tête en vrac, je fis quelques pas sur le trottoir gelé, au croisement de l'avenue Hoche et de la rue du Faubourg-Saint-Honoré. Les températures s'étaient maintenues toute la journée en dessous de zéro. Le jour était tombé depuis longtemps et je crois que jamais je n'avais eu si froid. La fièvre qui était revenue me faisait vaciller et me donnait l'impression que j'allais congeler sur place. Éternel distrait, j'avais bêtement oublié mon portable à la maison, ce qui m'empêchait de contacter G7. Le regard brouillé, je guettai donc un taxi libre à travers la nuit. Après deux minutes, je décidai de pousser jusqu'à la place des Ternes où j'aurais plus de chances de trouver une voiture. Il n'y avait pas vraiment de brouillard, mais la neige qui continuait à tomber ralentissait la circulation. À Paris, il en faut peu : deux centimètres de poudreuse et le monde s'arrête.

Au bout de cent mètres, je tournai à droite pour m'éloigner du monstrueux embouteillage qui paralysait le quartier. La petite rue Daru dans laquelle je me trouvais à présent m'était inconnue. Loin de me faire rebrousser chemin, les flocons d'argent qui arrivaient de face m'hypnotisaient pour me guider en direction d'une lueur dorée semblant flotter au-dessous du ciel sale. Quelques pas de plus et je découvris une église russe en plein Paris.

Je connaissais l'existence de la cathédrale Saint-Alexandre-Nevsky, le lieu de culte historique de la communauté russe de la capitale, mais je n'y avais jamais mis les pieds. De l'extérieur, l'édifice était un petit joyau de style byzantin : cinq flèches surmontées de bulbes et de croix dorés, cinq fusées en pierre de taille blanche qui se détachaient de l'outrenoir dans une harmonie céleste.

Le bâtiment m'aimantait. Quelque chose m'attira à l'intérieur. Une curiosité, un espoir, une promesse de chaleur.

L'odeur puissante de cire fondue, d'oliban et de myrrhe fumée m'envoûta dès l'entrée. L'édifice avait été bâti en suivant un plan en forme de croix grecque dont chaque extrémité s'ouvrait sur une petite abside qui s'élevait en tourelle.

Comme un touriste, j'observai d'abord les éléments de décoration typiques des églises orthodoxes : les icônes à foison, la domination de la coupole centrale qui vous aspirait vers le haut, mais aussi ce mélange indéfinissable d'austérité et de dorures. Malgré le lustre monumental qui donnait l'impression de prendre la poussière, malgré les forêts de cierges à la flamme tremblotante, la luminosité était réduite. Et l'endroit quasi désert et parcouru par les courants d'air. Un vaisseau fantôme bienveillant, figé dans le parfum pénétrant de résine et de gomme poivrée.

Je m'avançai devant un porte-cierge imposant dont la lumière auréolait une grande toile académique : *Jésus prêchant sur le lac de Tibériade*. La pénombre facilitait le recueillement. Je ne savais pas très bien pourquoi j'étais là, mais je me sentais soudain à ma place. Pourtant, je n'avais jamais eu la foi. Pendant longtemps, le seul dieu en qui j'avais cru, c'était moi. Disons plutôt que derrière mon clavier, pendant des années, je m'étais pris pour Dieu. Ou, pour être exact, j'avais défié un dieu en qui je ne croyais pas, en bâtissant un monde

– mon monde – non pas en six jours, mais en vingt romans.

Oui, tant de fois je m'étais pris pour un démiurge. Dans mon comportement avec les autres, je jouais au romancier humble, malgré le succès. Mais pas dans mon activité d'écriture. Du plus loin que je me souvienne, j'avais toujours eu cette prédisposition à mettre en scène des personnages issus de mon imagination, à me rebeller contre la réalité, à lui dire merde et à la repeindre selon mon bon vouloir.

Car, fondamentalement, c'était ça écrire : défier l'ordonnancement du monde. Conjurer par l'écriture ses imperfections et son absurdité.

Défier Dieu.

Mais ce soir, dans cette église, tremblant de fièvre, perdu dans mes délires, je n'en menais pas large. Je me sentais écrasé par la hauteur de voûte. Pour un peu, je me serais presque laissé aller à courber l'échine. Comme le fils prodigue de retour au bercail, j'étais prêt à tout pour qu'on me pardonne. Pour retrouver Théo, j'étais prêt à tous les reniements, à toutes les abdications.

Brutalement, je fus pris d'une sorte de vertige et m'appuyai contre une des colonnes en marbre noir. Tout cela n'était pas sérieux, la fièvre me faisait délirer. Une giclée d'acide remonta de mon estomac. Tout mon être se disloquait. Je manquais d'oxygène. Mon cœur nécrosé et gangrené par le chagrin tantôt s'accélérait tantôt battait une fois sur deux. Toute énergie m'avait quitté. Mon corps était une lande désolée, une terre brûlée couverte par la neige.

Je fis quelques pas vers la sortie. Je rêvais simplement d'un matelas où me jeter pour plonger dans un sommeil éternel. Ma vie s'était arrêtée depuis que j'avais perdu Théo. L'avenir n'était qu'un long tunnel de glace dont je ne verrais jamais le bout. Même pas besoin de matelas finalement, ni de couverture. Je voulais juste me coucher n'importe où sur le sol en attendant qu'on vienne me piquer comme un clebs.

Alors que j'étais proche de la sortie, je fis volte-face, guidé par une main invisible, et je revins sur mes pas jusqu'à la statue en bois d'un Christ auréolé. Comme prononcée par un autre, une interpellation, entre la promesse et le défi, sortit de ma bouche à haute voix :

— Si Tu me rends mon fils, je cesserai de me prendre pour Toi. Si Tu me rends mon fils, je cesserai d'écrire !

J'étais seul dans le silence de l'église. Près des chandeliers et des lampes à huile, je sentis à nouveau de la chaleur circuler dans mes veines. Dehors, il neigeait.

À New York, un jeune Français de sept ans réussit à prendre l'avion seul et sans billet !

Le Monde, 16 janvier 2011

Vendredi soir, un jeune garçon de sept ans, hospitalisé à New York, a réussi à échapper à la surveillance de sa mère et à celle du personnel de l'aéroport de Newark pour monter à bord d'un vol pour Paris.

Cette histoire, Romain Ozorski n'aurait jamais osé la mettre en scène dans un de ses romans. Même ses lecteurs les plus fidèles l'auraient trouvée improbable. Et pourtant...

En fin d'après-midi ce vendredi, Théo, sept ans, le fils du célèbre écrivain, vivant actuellement avec sa mère en Pennsylvanie, a d'abord réussi à fausser compagnie au personnel de l'hôpital Lenox de l'État de New York (Upper East Side

Manhattan) où il était hospitalisé pour une intervention bénigne. Prévoyant, l'enfant a commandé un VTC sur l'application Uber grâce à un téléphone subtilisé à une infirmière. Une fois dans le véhicule, il a persuadé le chauffeur que ses parents l'attendaient à l'aéroport de Newark.
Arrivé à l'aérogare, le jeune garçon a réussi l'exploit de passer successivement pas moins de quatre points de contrôle avant de monter à bord d'un des appareils de la compagnie New Sky Airways : la vérification des passeports, le contrôle des bagages, le portique détecteur de métaux et le contrôle des cartes d'embarquement.

Une sécurité défaillante
Les vidéos de surveillance montrent la technique ingénieuse de l'enfant qui, dans la cohue des départs en week-end, parvient à se fondre dans la foule pour passer inaperçu et, surtout, à s'agréger par intermittence à une famille nombreuse pour mieux faire croire qu'il en est l'un des membres. Une fois dans l'avion, l'enfant s'est caché à deux reprises dans les toilettes pour contourner le comptage des passagers avant de revenir s'asseoir

sur des sièges inoccupés et d'amuser les voyageurs avec ses tours de magie. Ce n'est que trois heures avant l'atterrissage qu'une hôtesse découvre le pot aux roses, alors que l'avion survole l'Atlantique et ne peut plus à ce stade faire demi-tour.

Dans cette année qui verra la commémoration des dix ans des attentats du 11 septembre 2001 et alors que les voyageurs sont théoriquement soumis à des contrôles de sécurité toujours plus stricts, ce fait divers tombe très mal. Un épisode romanesque qui n'a pas du tout amusé Patrick Romer, le chef de la sécurité de l'aéroport de Newark : « Cet incident résulte d'un fâcheux concours de circonstances et montre que notre système de sécurité doit encore s'améliorer, ce que nous allons nous employer à faire dans les plus brefs délais. » Ray LaHood, le secrétaire aux Transports de l'administration Obama, a lui aussi jugé cet événement « très regrettable » tout en assurant que la sécurité des passagers n'avait jamais été compromise. De son côté, la compagnie New Sky Airways a d'ores et déjà mis à pied les employés chargés de l'embarquement tout en précisant que le contrôle des passagers en amont de l'embarquement n'était pas de son ressort, mais de celui de l'aéroport.

La vie plus forte que la fiction

À son arrivée à Roissy, Théo Ozorski a été pris en charge par la police de l'air et des frontières avant d'être confié temporairement à son grand-père maternel. Théo a justifié cette fugue par le fait qu'il ne souhaitait plus vivre avec sa mère aux États-Unis. « Je veux revenir habiter avec papa et retrouver mon école à Paris », a-t-il répété aux policiers. [...]

Interrogé par notre journal, Romain Ozorski s'est dit « admiratif et fier » du geste de son fils, saluant « son courage et son panache » et y voyant le témoignage d'amour le plus fort qu'il ait jamais reçu. « À de rares occasions, la vie est plus imaginative que la fiction, a-t-il remarqué, et lorsque ça arrive, ce sont des moments qui restent gravés en nous éternellement. » [...] Revenant sur le conflit qui l'oppose à sa femme depuis plusieurs mois, Ozorski a indiqué que ce nouvel épisode lui donnait une raison de plus pour laver son honneur et qu'il se battrait jusqu'à son dernier souffle pour retrouver la garde pleine et entière de son fils. Contactée, Almine Ozorski n'a pas souhaité réagir.

LA TROISIÈME FACE DU MIROIR

12

Théo

Nos jours ne sont beaux que par leurs lendemains.
Marcel PAGNOL

1.

Onze ans plus tard

Le 18 juin 2022, aéroport de Bastia, Haute-Corse

— Tu es la seule personne qui ne m'ait jamais déçu, Théo. La seule à être allée au-delà de mes espérances.

Je dois reconnaître à mon père de m'avoir toujours témoigné beaucoup d'affection et de ne pas avoir été avare de reconnaissance. Ces deux phrases, il me les a répétées un nombre incalculable de fois depuis mon enfance. Il faut dire que, si on l'écoute, tout le monde a déçu Romain Ozorski : sa femme, ses éditeurs, ses amis. Je crois même que la personne qui a le plus déçu Romain Ozorski, c'est Romain Ozorski lui-même.

— Allez, dépêche-toi mon grand, lança-t-il en me tendant mon sac, tu vas finir par le louper, cet avion !

Il a toujours cette même intonation lorsqu'il me parle. Toujours les mêmes surnoms, « mon grand », « mon Théo », « fiston », que quand j'avais six ans. Et j'aime bien ça.

J'étais venu le voir en Corse où il s'était installé depuis mon entrée en première année de médecine. Dans les forêts de la Castagniccia, nous avions passé quelques jours agréables pendant lesquels il avait essayé de faire bonne figure. Mais je sentais bien que c'était une période compliquée pour lui : il avait perdu Sandy, son labrador, en mai, et il s'emmerdait ferme au milieu des chèvres et des châtaigniers. Je l'avais appris au fil des années : mon père est un solitaire qui n'aime pas la solitude.

— Tu m'appelles quand tu arrives, d'accord ? demanda-t-il en posant la main sur mon épaule.

— Mais il n'y a pas de réseau chez toi.

— Appelle quand même, Théo, insista-t-il.

Il retira ses lunettes de soleil. Entre ses pattes-d'oie, ses yeux brillaient d'une lumière fatiguée.

Il me fit un clin d'œil avant d'ajouter :

— Et ne t'en fais pas pour moi, fiston.

Il m'ébouriffa les cheveux. Je l'embrassai, jetai mon sac sur mon épaule et tendis ma carte à l'hôtesse. Avant que je disparaisse, nos regards se croisèrent une dernière fois. Complices, comme toujours. Mais aussi chargés du tourment toujours vif des combats que nous avions menés ensemble autrefois.

2.

Arrivé en salle d'embarquement, je me sentis seul. Vraiment seul. D'un coup. Comme ça m'arrivait chaque fois que je le quittais. Cerné par une armée d'ombres blanches qui me laissait désemparé et finissait même parfois par me faire pleurer.

En quête d'un signe de réconfort, je me mis à en chercher *un*. Un lecteur qui aurait un livre de mon père. Avec le temps, c'était devenu moins fréquent qu'avant. Lorsque j'étais enfant, je me souviens que ses livres étaient vraiment partout. Dans les bibliothèques, dans les aéroports, dans le métro, dans les salles d'attente des médecins. En France, en Allemagne, en Italie, en Corée du Sud. Les jeunes, les vieux, les femmes, les hommes, les pilotes de ligne, les infirmières, les caissiers des supermarchés. Tout le monde lisait Ozorski. Moi, j'étais naïf. Comme je n'avais toujours connu que cette situation, ça me paraissait normal que des millions de lecteurs lisent des histoires imaginées par mon père, et il m'avait fallu plusieurs années pour prendre vraiment conscience du caractère extraordinaire de cette situation.

Coup de chance, ce samedi 18 juin, dans cet aéroport de Bastia-Poretta, une jeune femme assise à même le sol à côté d'un distributeur automatique – le genre routarde avec gros sac à dos, dreadlocks, saroual et djembé – était absorbée par la lecture de *L'homme qui disparaît*, dans une vieille édition du Livre de Poche à la couverture fatiguée. C'était l'un des romans de mon père que je préférais. Il l'avait écrit l'année de ma naissance, à l'époque où il était l'« écrivain préféré des Français ». Je ressentais toujours une petite émotion quand je voyais un lecteur plongé dans un de ses romans. Mon père prétendait que ça ne le touchait plus depuis longtemps, mais je savais très bien que ce n'était pas vrai.

Romain Ozorski, mon père, a publié dix-neuf romans. Tous ont été des best-sellers. Le premier, *Les Messagers*, a été écrit lorsqu'il avait vingt et un ans, pendant qu'il était lui aussi étudiant en médecine. Le dernier est paru au printemps 2010 lorsque j'avais six ans. Si vous tapez son nom sur Wikipédia, vous pourrez lire que les livres d'Ozorski ont été traduits dans plus de quarante langues et vendus à trente-cinq millions d'exemplaires.

Cet élan créatif s'est arrêté net à l'hiver 2010, un peu après que ma mère a décidé de le quitter et de m'emmener vivre aux États-Unis. À partir de ce jour, mon père a posé ses stylos et fermé son ordinateur et il s'est mis à haïr ses livres. À l'écouter, ils avaient une part de responsabilité dans sa déroute conjugale et dans les conséquences douloureuses qui avaient suivi. Il en parlait toujours comme de quelque chose d'extérieur à lui. Des ennemis potentiels qui auraient pu pénétrer chez nous pour nous attaquer et mettre à sac notre foyer.

La raison profonde de son éloignement de l'écriture m'a toujours échappé. « Vivre ou écrire, il faut choisir », me répétait-il chaque fois que j'abordais la question. Dans mon enfance, je n'avais pas vraiment mesuré la tristesse de tout ça. Égoïstement, j'étais content de voir mon père à la maison, content qu'il vienne me chercher tous les jours à l'école, qu'il ait une disponibilité inépuisable, qu'on aille au Parc des Princes tous les quinze jours, au ciné tous les mercredis, qu'on parte en voyage toutes les vacances scolaires, qu'on fasse des tournois de ping-pong pendant des heures, qu'on dispute des parties à rallonge de FIFA, de Guitar Hero ou d'Assassin's Creed.

Une voix annonça le début de l'embarquement. Je laissai le troupeau jouer des coudes pour se précipiter vers les deux hôtesses comme si tout le monde n'allait pas avoir de place dans l'avion. Mon vague à l'âme s'était transformé en inquiétude. Ça me faisait mal de voir mon père vieillir sous la coupe de cette lassitude profonde. J'avais toujours cru que la roue finirait par tourner. Qu'il retrouverait sa joie de vivre et peut-être même qu'un nouvel amour l'illuminerait. Mais il n'en avait pas été ainsi. Au contraire, depuis que j'avais quitté Paris pour faire mes études à Bordeaux et qu'il était venu s'exiler ici, ses assauts de mélancolie s'étaient intensifiés.

Tu es la seule personne qui ne m'ait jamais déçu, Théo.

Ses paroles résonnaient dans ma tête, et je me disais que je n'avais pas fait grand-chose pour mériter cette gratification.

Pris d'un mauvais pressentiment, j'empruntai le chemin inverse pour quitter la zone d'embarquement, malgré les protestations du personnel au sol. Mon père avait cinquante-sept ans, il n'était pas vieux. Il avait beau me dire de ne pas m'en faire pour lui, ça ne m'empêchait pas d'être inquiet. Quand j'étais petit, il me surnommait « le Magicien » ou « Houdini » parce que le premier exposé que j'avais fait à l'école portait sur l'illusionniste d'origine hongroise, parce que je passais mon temps à essayer de mettre au point des tours dont il était souvent le seul spectateur et parce que j'avais réussi à narguer la surveillance d'un des aéroports les plus sécurisés des États-Unis pour le rejoindre à Paris. Mais ce temps-là était révolu. Je n'étais plus « le Magicien », je n'avais même pas le pouvoir de l'empêcher de s'enfoncer dans les sables mouvants de la dépression.

Je traversai le hall de l'aéroport en courant et déboulai sur le parking. L'air était sec et chaud comme en plein mois d'août. De loin, je repérai sa haute silhouette. Il était debout, le dos affaissé, immobile près de sa voiture.

— Papa ? criai-je en filant vers lui.

Il se retourna lentement, leva la main pour me faire signe, esquissa le début d'un sourire.

Et il s'écroula, terrassé par une flèche invisible qui venait de l'atteindre en plein cœur.

L'écrivain Romain Ozorski victime d'un accident cardiaque

Corse Matin, 20 juin 2022

Le romancier Romain Ozorski est hospitalisé depuis ce samedi 18 juin au centre hospitalier de Bastia, après avoir été victime d'un accident cardiaque. Pris d'un violent malaise, l'auteur s'est effondré sur le parking de l'aéroport Poretta, où il venait de raccompagner son fils.

Par chance, des pompiers qui se trouvaient sur place pour une autre intervention lui ont prodigué un massage d'urgence et ont utilisé un défibrillateur en attendant l'arrivée du Samu.

Dès son admission à l'hôpital, l'équipe médicale a diagnostiqué de graves lésions des artères coronaires qui ont imposé une opération dans la foulée. « Nous avons commencé l'intervention à seize heures et elle s'est terminée peu après vingt heures », précise la professeure Claire Giuliani. Un acte chirurgical pendant lequel la chirurgienne a effectué un triple pontage coronarien sur son patient.

« À son réveil, M. Ozorski était dans un état satisfaisant », continue Mme Giuliani. « Dans l'immédiat, ses jours ne sont plus en danger », mais il est encore trop tôt pour savoir si l'écrivain gardera des séquelles neurologiques de l'intervention. « Ozorski est un auteur que j'ai beaucoup lu lorsque j'étais plus jeune », nous a confié la chirurgienne qui compte bien demander une dédicace à son patient lorsque celui-ci sera définitivement hors de danger.

Autrefois très prolifique, Romain Ozorski n'a pas publié de roman depuis douze ans. Il a été marié à l'ex-mannequin britannique Almine Alexander, décédée d'une overdose dans un squat en Italie en 2014. Leur fils unique, Théo, se trouve toujours à son chevet.

13

La gloire de mon père

J'étais las de n'être que moi-même. J'étais las de l'image Romain Gary qu'on m'avait collée sur le dos une bonne fois pour toutes depuis trente ans.

Romain GARY

1.

Deux jours plus tard

Paris

Je poussai la porte qui s'ouvrit sans grincer. Douze ans que je n'avais pas mis les pieds dans cet appartement. Une éternité.

Mon père m'avait menti. Toutes ces années, il avait prétendu avoir vendu le bureau dans lequel il avait l'habitude de venir travailler quand j'étais petit. Non seulement il l'avait conservé, mais l'endroit – qui sentait bon la fleur d'oranger et le citron noir – n'était pas du tout à l'abandon. En fait de bureau, c'était un deux-pièces mansardé situé place du Panthéon, dans lequel ma mère et lui avaient vécu avant ma naissance. Trois chambres de bonne réunies que, par la suite, il avait transformées en atelier dans lequel il était venu écrire tous les jours ou presque jusqu'au début de l'année 2010.

« J'ai un service à te demander, Théo... » À l'hôpital, lorsqu'il avait repris connaissance après sa lourde opération, c'était la première phrase qu'il avait prononcée. « Je voudrais que tu retournes dans mon bureau du Panthéon et que tu me rapportes quelque chose. »

Comme mon père me l'avait indiqué, j'avais récupéré la clé chez le gardien qui m'avait assuré ne pas avoir vu M. Ozorski depuis au moins dix ans, même si quelqu'un venait faire le ménage toutes les trois semaines.

J'ouvris le rideau électrique de la baie vitrée. L'intérieur était comme dans mes souvenirs. Un beau parquet en chêne huilé, une décoration minimaliste – fauteuil Barcelona, canapé en cuir, table basse en bois pétrifié, bureau en noyer ciré – ainsi que quelques œuvres d'art que mon père avait aimées autrefois avant de se désintéresser de tout, sauf de moi : une petite mosaïque d'Invader, une sculpture pomme bouche de Claude Lalanne, une toile effrayante de Sean Lorenz représentant un homme-lapin hilare qui me faisait faire des cauchemars lorsque j'étais petit.

Dans la bibliothèque, les auteurs qu'il appréciait : Georges Simenon, Jean Giono, Pat Conroy, John Irving, Roberto Bolaño, Flora Conway, Romain Gary, François Merlin. Dans un cadre, une photo de nous trois sur la plage de la Baie des Singes. Je suis sur les épaules de mon père et ma mère marche à ses côtés. Elle est belle et semble amoureuse. Nous sentons le sable, le sel, et le soleil paillette nos cheveux. Nous avons l'air heureux. Je suis content qu'il ait gardé cette photo. Ça prouve que quelque chose de beau et de fort a existé quelque temps entre eux, malgré ce qui s'est passé par la suite. Et que je suis le fruit de ce quelque chose.

Encadrée à côté d'un dessin que je lui avais fait pour son anniversaire, la fameuse page du

Monde daté du 16 janvier 2011 : **À New York, un jeune Français de sept ans réussit à prendre l'avion seul et sans billet !**

Je regarde la photo, un peu décolorée par le temps, qui occupe le centre du papier. Entouré par deux policiers, je fais le V de la victoire avec mes doigts. Mon sourire radieux révèle mes dents de lait écartées. Je porte mes lunettes rondes colorées, une parka rouge, un jean avec à la ceinture un porte-clés Goldorak.

C'est le moment de gloire de ma vie. À l'époque, cette image est passée en boucle sur CNN et a fait l'ouverture des grands journaux télé. Un ministre de Barack Obama a failli démissionner. À la suite de cet épisode, ma mère a battu en retraite, accepté que je sois scolarisé à Paris et que je vive avec mon père. J'avais rétabli son nom, j'avais lavé son honneur et j'avais même contraint ce journal, qui n'avait jamais parlé positivement de ses dix-neuf romans, à mettre Ozorski à la une. Je connais la fin de l'article par cœur, mais je le relis parce que chaque fois, ça me fait du mal, ça me fait du bien :

> Interrogé par notre journal, Romain Ozorski s'est dit « admiratif et fier » du

geste de son fils, saluant « son courage et son panache » et y voyant le témoignage d'amour le plus fort qu'il ait jamais reçu.

Alors que je démarrais à peine ma vie, j'avais été ce magicien formidable, capable de mobiliser mon cœur et mon intelligence pour ajuster la réalité à mes désirs. J'avais fait plier le réel et rendu possible l'impossible.

Le soleil fait briller le parquet. J'étais venu plusieurs fois ici le samedi ou le mercredi après-midi lorsque Kadija ne pouvait pas me garder. Mon père avait acheté un baby-foot et une machine d'arcade pour m'occuper. Ils sont toujours présents dans un coin de la pièce, à côté de sa collection de vinyles et de l'affiche du film *Le Magnifique*.

« Il y a deux choses que je voudrais que tu récupères dans l'appartement, Théo. D'abord, un dossier cartonné noir que tu trouveras dans le tiroir du haut de mon bureau.

— Je peux l'ouvrir ?

— Tu fais comme tu veux. »

Je pris place dans le fauteuil pivotant en cuir clair, là où mon père s'asseyait pour écrire. Devant moi, sur le plan de travail, un gros pot en terre cuite contenait les stylos luxueux offerts par son éditeur, mais qu'il n'utilisait jamais. Dans le tiroir, le fameux dossier. Je détachai l'élastique pour faire l'inventaire de ce qu'il contenait. Un paquet de feuilles format A4 numérotées sur lesquelles était imprimé un texte. Les chapitres, la mise en page ne laissaient pas de place au doute : j'avais entre les mains un texte inédit de Romain Ozorski ! En tout cas, il était annoté dans les marges par l'écriture en pattes de mouche de mon père et portait ses corrections.

Le tapuscrit n'avait pas de titre, mais le texte se composait de deux parties distinctes. La première s'appelait *La Fille dans le Labyrinthe*, la seconde, plus longue, *Un personnage de Roma(i)n*. Je décidai d'abord d'en remettre la lecture à plus tard, mais en parcourant les pages, des noms familiers me sautèrent aux yeux, à commencer par le mien ! Ainsi que ceux de mon père, de ma mère, de Jasper Van Wyck. C'était étrange. Jamais mon père n'avait tenu de journal ni écrit d'autofiction. Ses romans, qui exaltaient le romanesque et l'évasion, étaient à l'opposé du narcissisme et de l'auscultation de soi. Une autre curiosité attira mon attention : la date à laquelle se déroulait l'histoire. Cette difficile fin d'année 2010 qui nous avait tous rendus si malheureux. La tentation était trop grande. Je pris le manuscrit et je m'installai dans le canapé pour en commencer la lecture.

2.

Lorsque je tournai la dernière page, une heure et demie plus tard, j'avais les larmes aux yeux et les mains qui tremblaient. La lecture avait été tour à tour émouvante et éprouvante. Je gardais des souvenirs précis et douloureux de cet épisode, mais jamais encore je n'avais pris la mesure de la souffrance endurée par mon père à l'époque. Ni compris à quel point ma mère avait pu être machiavélique. Dans les années qui avaient suivi, il avait eu la sagesse de ne jamais l'accabler devant moi, lui trouvant sans cesse des circonstances atténuantes. Je découvrais aussi pourquoi mon père avait cessé d'écrire. C'était à cause de cette fameuse promesse faite un soir de neige dans une église orthodoxe. Tout cela me bouleversait, et m'apparaissait comme un immense gâchis.

Quelque chose par contre me laissait perplexe : la mise en scène de l'écrivaine Flora Conway. Je me souvenais que mon père m'avait conseillé un de ses livres quelques années auparavant, mais à ma connaissance, ils n'étaient pas proches et jamais je n'avais entendu parler de cette histoire tragique de sa petite fille morte en tombant du dernier étage d'un building new-yorkais.

Je pris mon téléphone et vérifiai sur Wikipédia. À l'image de ce que j'avais lu dans le tapuscrit, la notice biographique de Flora la présentait comme une romancière mystérieuse, culte et adulée, lauréate du prix Kafka. Elle avait toujours vécu en retrait de la scène littéraire et n'avait plus rien publié depuis des années. La seule photo qu'on avait d'elle était ce portrait fascinant, légèrement flou, où elle avait un air de ressemblance avec Veronica Lake. Je ne trouvai pas grand-chose de plus sur le site des éditions de Vilatte.

Perplexe, je me levai pour me servir un verre d'eau. Je comprenais que mon père n'ait jamais cherché à publier ce texte. Il abordait un versant trop intime des problèmes qui avaient déchiré notre famille et des tourments de la création et de la vie d'écrivain. Mais que venait faire Flora Conway dans cette histoire ? Pourquoi mon père n'avait-il pas mis en scène une romancière fictive ?

« Et la deuxième chose que je dois récupérer, c'est quoi, papa ?

— Trois gros cahiers.

— Dans ton bureau aussi ?

— Non, cachés dans la cheminée de la hotte aspirante au-dessus de la plaque de cuisson. »

J'avais pris mes précautions en demandant au gardien de me prêter sa trousse à outils. Pendant dix minutes, je bataillai avec des tournevis de toutes tailles avant de parvenir enfin à dévisser le paravent de la hotte. En glissant mon bras dans le conduit en Inox de la cheminée, je tombai sur les cahiers dont m'avait parlé mon père. Ils étaient beaucoup plus imposants que ce que j'avais imaginé. Des carnets de très grand format, au cuir grainé, de la marque de papeterie allemande Leuchtturm. Reliés par cahiers cousus, ils contenaient trois cents pages numérotées remplies recto verso, même dans les marges, de l'écriture reconnaissable entre mille de Romain Ozorski.

De nouveaux manuscrits inédits ? Peu probable, tout était rédigé en anglais. Chaque cahier portait un titre : *The Girl in the Labyrinth, The Nash Equilibrium*, *The End of Feelings*. Malgré l'évidence, je ne compris pas immédiatement le sens de tout ça. Je parcourus les premières lignes de chaque manuscrit et allai piocher au hasard au fil des pages. C'était la calligraphie de mon père, mais ce n'était ni son style, ni son genre de roman. Songeur, je rangeai les trois cahiers et le tapuscrit dans mon sac à dos.

Avant de partir, je remis la hotte en place et alors que j'allais quitter l'appartement, je passai devant la bibliothèque et parcourus les livres du regard une dernière fois. C'est là que tout s'éclaira. Ces titres étaient ceux des romans de Flora Conway ! Saisi d'étonnement, je m'emparai à nouveau des cahiers et pris un long moment pour comparer les textes. À quelques nuances près, dues à l'adaptation de la langue anglaise vers le français, ils étaient rigoureusement identiques.

J'appelai mon père pour lui demander une explication mais tombai sur sa messagerie. Je réitérai mon appel deux fois, en vain. La stupéfaction ne me quittait pas. Pourquoi Romain Ozorski avait-il caché ces manuscrits originaux, écrits de sa main et parus sous le nom de Flora Conway ? Il n'y avait pas trente-six solutions. Je n'en voyais même que deux : soit mon père était le *ghostwriter* de Flora Conway.

Soit mon père *était* Flora Conway.

3.

Je pris le métro place Monge. Dans la rame, en compulsant l'un des romans de Conway, je trouvai l'adresse de sa maison d'édition. Place d'Italie, je changeai de ligne pour attraper la 6 jusqu'à Raspail.

Le bâtiment des éditions Fantine de Vilatte était un petit immeuble de deux étages qui donnait sur la cour du 13 bis rue Campagne-Première, l'artère dans laquelle Belmondo est abattu par la police à la fin d'*À bout de souffle*, sous le regard de Jean Seberg.

L'espace extérieur invitait à la rêverie : une cour pavée, une fontaine couverte de lierre, un joli banc de pierre, des sculptures d'animaux éparpillées au milieu des fougères et des pieds d'aubépine.

Je poussai la porte sans savoir réellement moi-même ce que j'attendais de ma démarche. Le fief de la maison d'édition ressemblait à un atelier d'artiste avec un très haut plafond et une verrière qui surplombait les bureaux. Au regard qu'elle me lança, je compris que la jeune femme à l'entrée – qui n'était guère plus âgée que moi – cochait la plupart des cases du cliché de la snobinarde, notamment les items

« hautaine », « condescendante » et « méprisante ».

— Bonjour, je voudrais voir Fantine de Vilatte.

— Sans rendez-vous, c'est impossible.

— Alors, je voudrais prendre un rendez-vous.

— À quel sujet ?

— Je voudrais lui parler d'un texte qui…

— Les manuscrits, c'est par mail ou par la poste.

— Je l'ai sur moi.

— Notre maison publie très peu de nouveaux manuscrits…

— Je suis certain que Mme de Vilatte sera intéressée par celui-ci.

J'ouvris mon sac, exposant les épais cahiers rédigés par mon père.

— Bon, donnez-le-moi, je le lui remettrai.

— Je veux juste lui montrer, je ne peux pas m'en séparer. S'il vous plaît.

— Alors au revoir ! Fermez la porte derrière vous.

Frustration. Lassitude. Impuissance. Colère. Mes ennemies intérieures. Celles que je devais essayer de contenir pour ne pas qu'elles me dominent, mais aussi maintenir ardentes comme des braises, car elles étaient souvent le moyen de débloquer une situation. Parfois pour le meilleur, parfois pour le pire. *Le risque de vivre…*

Je baissai les yeux. Pas par soumission, mais pour examiner le bureau de mon interlocutrice. Un ordinateur portable, des liasses de feuilles en pagaille, les derniers AirPods, un ticket de métro, un Tupperware vide, un téléphone ouvert sur Instagram, une tasse à café posée sur un livre d'Echenoz acheté d'occasion avec son étiquette jaune « Gibert Jeune », mais aussi un presse-papier assez volumineux en pierre qui ressemblait à un Moaï, ces monolithes de l'île de Pâques. Je me saisis de la sculpture et, de toutes mes forces, la projetai dans la verrière.

C'est l'un des commandements des magiciens : préserver l'effet de surprise le plus longtemps possible. Et cette fois, mon auditoire n'avait rien vu venir.

L'un des panneaux de verre vola en mille éclats dans un bruit infernal, provoquant un hurlement de la snobinarde. À présent, elle n'avait plus rien de hautain, elle était simplement terrorisée. Pendant de longues secondes, le silence se fit avant que plusieurs personnes débarquent dans le hall, le regard braqué sur moi.

L'une d'entre elles était Fantine de Vilatte. Dans le métro, j'avais cherché sa photo sur internet, mais même sans ça, je l'aurais reconnue. Elle était plus âgée que dans le roman de mon père, mais avait cette même silhouette, cette aura discrète qui tour à tour fascinait et agaçait le personnage de Flora Conway.

C'est elle qui s'approcha de moi. Lentement. Elle avait sans doute senti un danger, mais j'avais l'impression que l'incident de la vitre brisée lui paraissait lointain, comme si elle savait d'instinct qu'il y avait un incendie plus grave à éteindre.

— Je crois que vous me devez des explications, dis-je en lui tendant le cahier que j'avais récupéré sur la banque d'accueil.

Fantine s'en empara, l'air résigné, comme si elle savait déjà ce qu'il contenait. Sans un mot ni un geste pour son équipe, elle sortit dans la cour et s'assit sur le banc près de la fontaine. À la fois hypnotisée et absente, avec pour seul écho le murmure du point d'eau, l'éditrice feuilleta le cahier pendant de longues minutes. Elle attendit que je la rejoigne et que je m'asseye à côté d'elle pour lever les yeux du manuscrit et me confier :

— Depuis près de vingt ans, je crois que j'ai prié tous les matins pour que ce jour n'arrive jamais.

J'acquiesçai de la tête, faisant semblant de comprendre en attendant d'en savoir davantage. Fantine me dévisageait avec insistance. Quelque chose la troublait, dans mon physique ou mon regard.

— Vous êtes évidemment trop jeune pour avoir écrit *vous-même* ce manuscrit, constata-t-elle.

— En effet, c'est mon père qui l'a écrit.

Elle se mit debout, serrant le carnet contre son cœur.

— Vous êtes le fils de Frederik Andersen ?

— Non, je suis le fils de Romain Ozorski.

Elle chancela et recula, comme si je venais de lui planter un couteau dans le ventre.

— Quoi ? Ro… Romain ?

Son visage était décomposé. Je venais manifestement de lui révéler une chose à laquelle elle ne s'attendait pas. Puis, ce fut à son tour de me déstabiliser :

— Donc, tu es… Théo.

Je fis « oui » de la tête et demandai :

— Vous me connaissez ?

Mon père avait raison de me dire de me méfier des romanciers. Même quand ils n'écrivent plus, ils sèment des cailloux et plantent des graines pour, des années plus tard, organiser des retournements de situation dans votre propre vie au moment où vous vous y attendez le moins.

Peut-être était-ce aussi ce que se disait Fantine de Vilatte juste avant de me répondre.

— Oui, je te connais, Théo. Tu es celui pour qui ton père m'a quittée.

Les éditions Fantine de Vilatte
fêtent leurs quinze ans
Le Journal du dimanche, 7 avril 2019

À l'occasion de l'anniversaire de la maison d'édition, rencontre avec sa fondatrice, la discrète Fantine de Vilatte.
C'est dans ses bureaux de Montparnasse, au 13 bis de la rue Campagne-Première, nichés au fond d'une charmante petite cour intérieure, que nous reçoit Fantine de Vilatte. L'occasion pour la fondatrice des éditions qui portent son nom de faire un bilan sur ses quinze années d'existence.

Une éditrice discrète
D'entrée, le ton est donné : « Je ne suis pas là pour parler de moi, mais des livres que je publie », nous prévient l'éditrice en rejetant derrière son oreille une mèche blonde de son carré court. La

quarantaine élégante, elle porte en ce début de printemps un jean délavé, un tee-shirt marine à col Claudine et une veste cintrée en tweed.

Si Fantine de Vilatte ne souhaite pas parler d'elle, beaucoup de ses confrères ne se font pas prier pour saluer sa curiosité, son flair et son intuition.

« C'est une formidable lectrice, admet une éditrice concurrente, mais aussi quelqu'un qui adore vendre des livres et qui ne rechigne pas à se coltiner l'aspect commercial du métier. » En quinze ans, l'éditrice a bâti un catalogue à son image. À la tête d'une petite structure de quatre salariés, elle publie moins d'une dizaine de romans chaque année.

Tous les matins, c'est elle qui pousse la porte de la maison d'édition avant même que le soleil se lève. Pendant deux heures, elle parcourt elle-même les manuscrits arrivés par la poste ou par mail. Le soir, c'est la dernière à quitter le bureau. L'identité de sa maison repose sur deux piliers : dénicher des nouveaux talents et faire redécouvrir des textes oubliés, par exemple *Le Sanctuaire* de la Roumaine Maria Georgescu (prix Médicis étranger 2007) ainsi que la très poétique *Mécanique du hareng saur* du

Hongrois Tibor Miklós, écrite en 1953 et restée dans un tiroir pendant plus d'un demi-siècle.

Cette passion pour la littérature, Fantine de Vilatte la porte en elle depuis l'enfance. C'est pendant les grandes vacances d'été, passées dans la maison de sa grand-mère à Sarlat, que la jeune fille d'alors tombe amoureuse de Tchekhov, de Beckett et de Julien Gracq.

Un début en fanfare

Bonne élève, elle suit une filière littéraire khâgne et hypokhâgne au lycée Bertran-de-Born de Périgueux avant de poursuivre ses études à New York où elle décroche plusieurs stages chez des éditeurs prestigieux comme Picador et Little, Brown. Retour en France en 2001. Après un nouveau stage chez Fayard, elle devient assistante d'édition aux éditions des Licornes.

Fantine de Vilatte a vingt-sept ans lorsqu'elle lance sa maison en s'endettant pour vingt ans et en y investissant toutes ses économies. Quelques mois avant, elle a fait une rencontre qui a changé sa vie. Celle d'une jeune Galloise excentrique presque de son âge : Flora Conway, serveuse dans un bar new-yorkais et écrivaine à ses heures perdues. Fantine tombe littéralement amoureuse du manuscrit du premier roman de Conway. Elle lui promet qu'elle bataillera corps et âme pour défendre son livre. Promesse tenue. En octobre 2004, les droits de *La Fille dans le Labyrinthe* s'arrachent à la foire de Francfort et sont cédés dans plus de vingt pays. Le début de la gloire pour Flora Conway et un départ en fanfare pour la maison de son éditrice.

Le mystère Fantine de Vilatte

Fantine de Vilatte parle toujours des romans qu'elle publie avec une ferveur et un enthousiasme communicatifs. « Une passion un peu surjouée », tacle un confrère qui constate que, « à part Flora Conway qui écrit en anglais et qui n'a rien publié depuis plus de dix ans », le catalogue des éditions de Vilatte est « aussi barbant qu'un jour de pluie à Tolède ». L'éditrice compte aussi des détracteurs parmi ses anciens auteurs : « Elle sait très bien faire ça : vous faire croire que vous êtes unique et qu'elle fera tout pour vous, mais si votre livre n'a pas d'écho dans la presse ou ne trouve pas son public, elle vous lâchera sans aucun remords », témoigne cette romancière. « Sous ses allures de grande humilité voire de fragilité, c'est une guerrière qui ne vous fait pas de cadeaux », confirme une ancienne salariée pour qui « Fantine reste un mystère. Personne ne connaît vraiment ni sa vie familiale, ni comment elle occupe son temps en dehors de son travail, pour la bonne raison que pour elle, la vie n'existe pas en dehors de l'édition. Sa maison, c'est elle. »

Une affirmation que la principale intéressée est loin de contredire. « Éditer est un métier exigeant et passionnant. Une activité artisanale et polyvalente qui nécessite de mettre les mains dans le cambouis en permanence. Vous êtes tantôt garagiste et tantôt chef d'orchestre, tantôt moine copiste, tantôt représentant de commerce. »

À la question de savoir si les livres peuvent encore changer la vie, Fantine de Vilatte répond qu'« un livre en tout cas peut changer une vie » et que c'est aussi pour cela qu'elle fait ce métier, avec pour seule boussole l'envie de publier des livres qu'elle aimerait lire en tant que lectrice. « J'ai l'impression qu'au fil des années, tous les romans que j'ai publiés sont autant de cailloux qui jalonnent un long chemin », affirme-t-elle. « Vers quoi ? » demandons-nous avant de la quitter. « Un long chemin pour arriver jusqu'à quelque chose ou jusqu'à quelqu'un », répond-elle mystérieusement.

Fantine de Vilatte en 6 dates

— 12 juillet 1977 : naissance à Bergerac (Dordogne).

— 1995-1997 : classes préparatoires littéraires.

— 2000-2001 : travaille aux États-Unis pour Picador et Little, Brown.

— 2004 : création des éditions Fantine de Vilatte. Publication de *La Fille dans le Labyrinthe*.

— 2007 : prix Médicis étranger pour *Le Sanctuaire* de Maria Georgescu.

— 2009 : Flora Conway reçoit le prix Franz Kafka pour l'ensemble de son œuvre.

14

L'amour qui nous poursuit

L'amour qui nous poursuit parfois nous importune
Mais nous le remercions toujours parce que c'est de l'amour

William SHAKESPEARE

Fantine

Je m'appelle Fantine de Vilatte.

En 2002, l'année de mes vingt-cinq ans, j'ai entamé une liaison avec le romancier Romain Ozorski. Neuf mois chahutés et clandestins. Ozorski était marié et moi, je n'étais pas à l'aise dans cette situation. Mais neuf mois de bonheur et d'harmonie aussi. Pour passer du temps avec moi, Romain acceptait toutes les propositions qu'il recevait pour faire la promotion de ses livres à l'étranger. Je n'ai jamais autant voyagé que pendant ces quelques mois : Madrid, Londres, Cracovie, Séoul, Taipei, Hong Kong.

« Grâce à toi, pour la première fois, ma vie est plus intéressante que mes romans » : c'est ce que Romain me répétait. Que je mettais « du romanesque » dans sa vie. J'imaginais que c'était le genre de propos qu'il devait tenir à toutes les femmes, mais il fallait reconnaître quelque chose à Romain Ozorski : il savait déceler chez les gens des qualités qu'ils ignoraient eux-mêmes et vous insuffler confiance en vous.

C'était la première fois que le regard d'un homme me donnait de la force et me rendait belle. La première fois aussi que, pour ne pas avoir peur de perdre quelqu'un, je préférais me faire croire que je ne l'avais pas encore trouvé. Penser à cette période de ma vie me fait frissonner et me donne le vertige. Un noyau dur de souvenirs affleure. L'année de la guerre en Irak, de la mort de Daniel Pearl, de la peur d'al-Qaida. L'année de « Notre maison brûle et nous regardons ailleurs », de cette prise d'otages terrible dans un théâtre à Moscou.

Peu à peu, j'ai fini par capituler et par admettre que j'étais amoureuse de Romain. Oui, la vérité, c'était que je vivais avec lui le genre d'histoire qui vous marque au fer rouge. Le « grand dérèglement de tous les sens » dont parle Rimbaud. Et au moment même où je vivais cette passion, je savais déjà que plus jamais dans ma vie je n'éprouverais de sentiments aussi forts. Qu'ils constituaient l'acmé de ma vie amoureuse. L'aune à laquelle tout ce que je vivrais ensuite serait fatalement jugé fade et terne.

Alors, j'ai fini moi aussi par croire à cet amour.

J'ai lâché définitivement la bride lorsque j'ai accepté d'avoir des projets avec lui. Lorsque je me suis autorisée à penser que notre histoire pourrait peut-être aller jusqu'au bout et que j'ai donné à Romain l'accord qu'il me réclamait depuis plusieurs mois : celui d'annoncer à sa femme que leur mariage était terminé et qu'il avait l'intention de divorcer.

Ce que je n'avais pas prévu, c'était qu'Almine avait elle aussi une annonce à faire à son mari ce soir-là : elle attendait un enfant. Un petit garçon. Un petit Théo.

Romain

De : Romain Ozorski
À : Fantine de Vilatte
Objet : La vérité sur Flora Conway
21 juin 2022

Chère Fantine,

Après vingt ans de silence, je me décide à t'écrire aujourd'hui depuis le lit d'une chambre d'hôpital. À en croire les médecins, je ne vais probablement pas mourir dans les jours qui viennent, mais ma santé est fragile et, si cela devait arriver, je voudrais que tu saches certaines choses.

À la fin des années 1990, après avoir publié plus d'une douzaine de romans, j'ai nourri le projet de faire paraître des textes sous un pseudonyme. Mes livres se vendaient (très) bien, certes, mais ils n'étaient plus lus qu'à travers une étiquette. Ils ne constituaient plus un événement, au mieux un rendez-vous annuel. J'étais fatigué d'entendre toujours les mêmes choses à mon sujet, de répondre aux mêmes questions dans les interviews, de me justifier d'avoir du succès, des lecteurs, de l'imagination.

En quête d'une nouvelle liberté artistique, je décidai donc de me lancer un défi : écrire plusieurs histoires en anglais. Changer de langue, de style, de genre. La perspective de me créer un double littéraire avait un côté ludique - continuer mon jeu avec les lecteurs en endossant un masque - mais elle réactivait aussi un vieux fantasme que d'autres avaient eu avant moi : renaître en devenant un autre.

Vivre par procuration des fragments d'existences différentes de la mienne était déjà mon lot quotidien de romancier. Ici, le procédé de dédoublement se jouerait juste dans une autre dimension et à une plus grande échelle.

Entre 1998 et fin 2002, j'ai ainsi écrit trois romans en anglais que j'ai gardés dans mes tiroirs en attendant de trouver le moment opportun pour les publier. Je ne t'ai jamais parlé de ce projet quand nous étions ensemble, Fantine. Pourquoi ? Sans doute parce que j'avais bien conscience qu'il y avait beaucoup de vanité dans cette démarche. Avec Émile Ajar, Vernon Sullivan ou Sally Mara, des géants de la littérature étaient passés bien avant moi par la création de doubles littéraires. À quoi cela servirait-il de les singer ? Peut-être à prendre une revanche. Mais de quoi et sur qui ?

Fantine

En apprenant la grossesse de sa femme, Romain mit brusquement fin à notre relation. Ses parents s'étaient séparés peu après sa naissance. Il n'avait jamais connu son père et ce manque l'avait habité toute sa vie. Afin d'offrir un environnement familial stable à son fils, il prit la décision de tout faire pour donner une seconde chance à son couple. Je pense surtout qu'il était terrorisé par la perspective qu'en cas de rupture, Almine ne lui permette pas de voir grandir son fils dans de bonnes conditions.

Lorsque Romain me quitta, je m'enfonçai dans la forêt ombreuse de la dépression. Durant plusieurs mois j'assistai en spectatrice à mon propre effondrement intérieur, sans être capable de faire quoi que ce soit pour ne pas m'enliser davantage.

Le rôle que j'avais joué malgré moi dans la fin de notre histoire, en retardant le moment où Romain parlerait à sa femme, maintenait à vif cette blessure intime qui me ravageait. Mon corps était à terre, mon cœur meurtri, mon âme dévastée. Tourner la page me semblait insurmontable. J'étais étrangère à moi-même. Ma vie n'avait plus de sens, plus de lumière, plus d'horizon.

À cette époque, je travaillais comme assistante éditoriale au service des manuscrits d'une maison d'édition de la rue de Seine. Mon bureau était une minuscule mansarde mal insonorisée au dernier étage d'un immeuble à la façade grisâtre. Un espace que je devais disputer aux pigeons et aux centaines de manuscrits qui colonisaient le parquet, grimpaient sur mon bureau, se faisaient la courte échelle sur les étagères et parvenaient parfois à atteindre le plafond.

La maison recevait plus de deux mille manuscrits par an. Ma tâche consistait à faire un premier tri des textes. À éliminer les genres que l'éditeur ne publiait pas (document, poésie, théâtre) et à donner un premier avis sur les textes de fiction. Je transmettais ensuite mes remarques à d'autres éditeurs plus chevronnés. J'avais beaucoup fantasmé sur ce poste, mais depuis un an que je faisais ce boulot, j'avais perdu mes illusions.

C'était une drôle d'époque. Les gens lisaient de moins en moins et écrivaient de plus en plus. À Los Angeles, tout le monde a un scénario sur sa clé USB, du pompiste qui vous fait le plein à la barmaid d'une boîte de nuit. À Paris, tout le monde a un manuscrit dans un tiroir ou une idée de roman dans la tête. Pour être honnête, la moitié des textes que je recevais étaient indigents : écriture pauvre, syntaxe défaillante, style inexistant, narration brouillonne. L'autre moitié était assommante, sans aucun intérêt, entre les femmes qui se prenaient pour Duras et les mecs qui plagiaient Dan Brown (*Da Vinci Code* venait de sortir aux États-Unis et engendrait des créatures fictionnelles monstrueuses)... Sans parler de chef-d'œuvre ou de pépite, jamais je n'avais reçu de roman que je puisse qualifier de coup de cœur.

Et puis il y eut ce jour de fin septembre. J'étais arrivée à huit heures trente dans mon petit bureau glacé. J'avais allumé mon radiateur (qui ne crachait qu'un air tiédasse), branché ma machine à café (qui ne crachait que de la lavasse) et c'est en m'installant à ma table de travail que je l'avais aperçue : une enveloppe kraft au sol, dépassant à moitié derrière l'armoire. Je me levai pour la ramasser. Elle avait dû tomber du meuble en aggloméré qui croulait sous les manuscrits.

Je m'apprêtais à la reposer sur la pile branlante quand je remarquai qu'elle m'était adressée personnellement. Moi qui n'étais rien dans ce métier, j'étais encore touchée par ce genre d'attention, d'imaginer l'auteur chercher sur les forums internet ou ailleurs le nom de quelqu'un susceptible de se pencher vraiment sur son travail. J'ouvris donc l'enveloppe. À l'intérieur se trouvait un texte tapé à la machine et écrit en anglais.

En anglais, bordel… Les gens ne doutent de rien.

J'étais sur le point de le balancer directement dans le carton des refusés lorsque le titre titilla ma curiosité. *The Girl in the Labyrinth.* D'un œil distrait, je lus la première page, debout devant l'armoire. Puis les deux suivantes. J'allai me rasseoir à mon bureau pour lire le premier chapitre. Puis les deux suivants, puis… À midi, j'annulai mon déjeuner pour continuer à lire et lorsque je tournai la dernière page, le jour était tombé.

Mon cœur battait à toute vitesse. J'étais sous le choc, saisie, un sourire peint sur les lèvres, comme si j'étais tombée amoureuse. Voilà, je l'avais enfin le manuscrit qui avait su me toucher *en plein cœur.* Ce livre différent qui ne ressemblait à rien de ce que j'avais lu auparavant. Un livre singulier, inclassable, qui m'avait happée, capturée dans ses filets. Une bouffée d'air frais, tellement loin de ce petit milieu sclérosé.

En fouillant dans l'enveloppe, je découvris une lettre d'accompagnement assez laconique :

Paris, le 2 février 2003. Madame, veuillez trouver ci-joint le manuscrit de mon roman, *La Fille dans le Labyrinthe*, qui pourrait intéresser les éditions des Licornes. Mes moyens étant limités, je n'envoie ce texte qu'à votre maison et vous remercie de me répondre dans des délais raisonnables et de le renvoyer avec l'enveloppe ci-jointe s'il ne vous convient pas. Cordialement, Frederik Andersen.

La signature me surprit – pendant toute ma lecture, je m'étais imaginé que l'auteur était une femme – mais mon envie de rencontrer Andersen n'en fut que décuplée. La lettre mentionnait une adresse, rue Lhomond, ainsi qu'un numéro de téléphone. J'appelai sans perdre de temps. La lettre datait de plus de six mois, il fallait espérer que l'auteur ne s'était pas lassé d'attendre et n'avait pas envoyé son texte à un autre éditeur. Mais même dans ce cas, j'avais une chance qu'aucun n'ait repéré le texte avant moi, grâce à la langue anglaise. Personne ne me répondit et je n'eus pas la possibilité de laisser de message.

Je rentrai chez moi sans avoir parlé à personne de ma découverte. Dès la fin de ma lecture, malgré mon impatience à partager mon enthousiasme, j'avais gardé la tête froide et le silence. Aux Licornes, j'étais le fantôme du sixième étage. Miss Cellophane. Peu de gens respectaient mon travail et la plupart ne connaissaient même pas mon existence. J'étais « la fille des manuscrits », « l'assistante ». En vérité, je détestais ces connards d'un autre siècle et ces femmes snobs qui se gobergeaient entre elles. Pourquoi leur ferais-je cadeau de ce manuscrit ? Pourquoi leur offrirais-je ma *Fille dans le Labyrinthe* ? Après tout il m'avait été personnellement adressé. Je rappelai Frederik Andersen à dix-neuf heures et une fois toutes les heures jusqu'à minuit. Comme je n'obtenais pas de réponse, je tapai son nom sur Google et ce que je découvris me dévasta.

Quartier du Val-de-Grâce : le corps d'un homme retrouvé dans son appartement quatre mois après sa mort

Le Parisien, 20 septembre 2003

C'est un drame de la solitude comme il en arrive malheureusement de plus en plus souvent dans la capitale et l'agglomération parisienne. Le corps sans vie de M. Frederik Andersen a été retrouvé ce jeudi dans son petit appartement du cinquième arrondissement.

C'est un jeune couple voisin, récemment rentré d'un long périple en Amérique du Sud, qui a prévenu les secours, alerté par l'odeur et le courrier qui s'entassait dans la boîte aux lettres. En début de soirée, les sapeurs-pompiers de la 3e compagnie d'incendie ont déployé leur échelle rue Lhomond jusqu'au balcon du studio. Les soldats du feu ont brisé une vitre pour accéder au logement. Accompagnés des policiers, ils ont découvert le corps en état de décomposition. Il n'y avait pas de traces d'effraction et la porte d'entrée était verrouillée de l'intérieur. Tout laisse à penser à une mort naturelle, mais une autopsie a été demandée afin d'exclure formellement la piste criminelle. C'est donc au légiste que reviendra de déterminer la date précise du décès de cet homme de soixante-sept ans. Décès qui selon les éléments recueillis sur place remonterait à début mai, le courrier n'ayant plus été relevé depuis.

Célibataire, Frederik Andersen avait toujours vécu seul, et payait la plupart de ses factures par prélèvement automatique. Souffrant de nombreux problèmes de santé, cet ancien enseignant se déplaçait depuis quelques années en fauteuil roulant et sortait peu de chez lui. Son absence ces derniers mois n'avait pas particulièrement étonné ses voisins avec lesquels il n'avait guère de contacts. Dans la rue, on se souvient de lui comme d'un homme réservé et distant, souvent dans ses pensées et très casanier. « Il ne disait pas toujours bonjour lorsqu'on le croisait dans l'ascenseur », raconte Antonia Torres, la gardienne de l'immeuble. [...]

Fantine

Je ne dormis pas de la nuit, je me sentais possédée par le manuscrit. Pour rien au monde je ne voulais qu'il m'échappe. Ce roman était pour moi. C'était exactement pour ça que j'avais voulu faire ce métier : pour découvrir un texte ou un auteur. J'avais du mal à croire qu'un homme de soixante-sept ans ait pu écrire ce roman si moderne, puis je m'étais souvenue de mes cours de philo et de ce prof de prépa qui citait toujours Bergson : « Nous ne voyons pas les choses mêmes ; nous nous bornons, le plus souvent, à lire les étiquettes collées sur elles. » Durant mon insomnie, un plan fou commença à germer dans mon esprit, mais qui nécessitait une véritable investigation.

Le lendemain, j'appelai la maison d'édition pour dire que j'étais souffrante et que je ne viendrais pas au bureau. Je me rendis ensuite rue Lhomond. Je n'étais jamais venue ici. De bon matin, l'artère qui descendait vers les commerces de la rue Mouffetard n'était guère animée et avait un côté tranquille de sous-préfecture. On se serait cru dans la rediffusion d'un vieux *Maigret* sur France Télévisions. L'immeuble dans lequel Frederik Andersen avait terminé ses jours était l'un des plus moches du quartier. Un bâtiment « moderne » à la façade marronnasse en béton comme la décennie 1970 nous en avait beaucoup légué. Je crus d'abord qu'il n'y avait pas de gardien, mais la copropriété regroupait en fait trois bâtiments différents et la loge se trouvait dans l'immeuble adjacent.

Je frappai à la porte de la concierge – la fameuse Antonia Torres dont parlait l'article – et je prétendis être à la recherche d'un logement dans le coin. Je lui dis que j'avais lu *Le Parisien* la semaine précédente et que je me demandais si le studio de M. Andersen avait déjà été reloué. Antonia était intarissable sur le sujet. Elle me confirma d'abord que Frederik Andersen n'avait plus de lien avec sa famille. Personne ne s'était manifesté depuis sa mort. Le bailleur avait déjà vidé son appartement et entreposé toutes ses affaires dans un grand local du deuxième sous-sol en attendant qu'une entreprise vienne les récupérer. Elle m'apprit aussi qu'Andersen avait été prof dans un lycée du treizième arrondissement, mais que sa santé fragile l'avait conduit à cesser le travail longtemps auparavant. « Il était prof d'anglais ? — Peut-être », avait répondu Antonia.

J'en savais suffisamment pour tenter quelque chose. J'avais passé le reste de la matinée dans un café de la rue Mouffetard à retourner dans ma tête toutes les hypothèses. J'étais persuadée que ma vie se jouait. Qu'un tel alignement des planètes ne se représenterait jamais plus. Il y avait des risques, certes, et la fenêtre de tir était étroite, mais cette aventure redonnait soudain un sens à mon existence.

Un orage éclata à l'heure du déjeuner. Je retournai rue Lhomond et profitai de la pluie pour m'introduire à la suite d'une voiture au deuxième niveau du parking souterrain de la résidence. Il y avait plusieurs box fermés, mais seulement trois d'entre eux avaient une porte beaucoup plus large, or la gardienne avait bien parlé d'un « grand local ». Sur les trois, un emplacement était vide, l'autre occupé par une voiture. Le troisième était bouclé par un gros cadenas. Le genre que l'on voit pour protéger les scooters ou les motos. Je restai longtemps devant la porte, à fixer la serrure. Voilà, c'était fini. Jamais je ne parviendrais à forcer le cadenas. Je n'avais ni les outils, ni la force physique pour le faire.

Dans ma tête, les idées se mirent à fuser à cent à l'heure. Je quittai la rue Lhomond et marchai sous la pluie jusqu'à l'agence Hertz du boulevard Saint-Michel. Je louai la première voiture disponible et je parcourus la centaine de kilomètres qui séparait Paris de Chartres. J'avais un cousin là-bas – Nicolas Gervais *alias* le « gros Nico » *alias* le « gros nigaud » *alias* « petite bite » même si ça ne rimait pas – qui était sapeur-pompier. Ce n'était pas le type le plus futé d'Eure-et-Loir et ça faisait très longtemps que je ne l'avais pas vu, mais il était serviable et facile à manipuler. Même si tout le monde pense le contraire, je n'ai jamais été gentille ni bienveillante. Je suis envieuse, jalouse, rarement satisfaite. La faute sans doute à mon visage avenant et à ma réserve, on me croit tranquille, je suis tourmentée. On me croit douce, je suis brutale. On me croit innocente, je suis perfide. Romain Ozorski était le seul à me connaître vraiment. Il avait deviné le scorpion qui se cache dans la rose. Et il m'aimait quand même.

Je réussis à trouver Nico chez sa mère. Je jouai à la fille perdue et lui demandai son aide pour ouvrir la porte d'un garage où mon ex-petit copain avait prétendument enfermé des affaires qui m'appartenaient. Il mordit à l'hameçon, ravi de pouvoir jouer le rôle du protecteur. Un peu avant dix-huit heures, je restituai la voiture boulevard de la Courtille à Chartres, et lorsque fiérot Nico me rejoignit au volant de son 4 × 4, il avait récupéré une pince coupe-boulon de plus de soixante centimètres que les pompiers utilisaient pour fracturer les cadenas en cas d'urgence. Celui de la rue Lhomond n'opposa aucune résistance. Je remerciai Duconnot pour son aide et le congédiai sans lui laisser l'occasion de s'incruster ou de comprendre ce qui lui était arrivé.

Je passai une bonne partie de la nuit dans le box, inventoriant à l'aide de la torche que j'avais piquée dans le 4 × 4 toutes les affaires trouvées dans le studio de Frederik Andersen. Quelques meubles fonctionnels, un fauteuil roulant, une machine à écrire Smith Corona électrique, deux grosses valises en tissu plastifié contenant des vinyles et des CD qui faisaient le grand écart entre Tino Rossi et Nina Hagen, Nana Mouskouri et Guns N' Roses. Je trouvai aussi de vieux numéros du *New Yorker* et dans trois cartons des romans anglophones en version originale : Penguin Classics, polars en *paperback*, exemplaires annotés de la Library of America. Le garage était aussi intéressant par ce qu'il ne contenait pas : pas de photos, pas de correspondance suivie. Et surtout, dans une armoire métallique à tiroirs, je trouvai ce que je n'avais même pas osé imaginer : deux nouveaux tapuscrits. *The Nash Equilibrium* et *The End of Feelings*. Fébrile, j'en découvris les premières pages avec appréhension. Ce n'étaient pas du tout des brouillons, mais des romans achevés, et les pages que je lisais étaient tout aussi brillantes que *The Girl in the Labyrinth*.

Je quittai la rue Lhomond à cinq heures du matin.

Je me souviendrai toujours des sensations que j'éprouvais ce matin-là en marchant sous la pluie, trempée des pieds à la tête, épuisée mais ravie, tenant serrés contre mon cœur les deux nouveaux manuscrits.

Mes romans…

Romain

De : Romain Ozorski
À : Fantine de Vilatte
Objet : La vérité sur Flora Conway

[…] Les mois qui suivirent notre rupture furent à la fois les plus beaux et les plus douloureux de ma vie. Les plus beaux parce qu'ils correspondent à l'arrivée de Théo et au bonheur de devenir père. Les plus terribles aussi parce que ne plus te voir était une souffrance permanente. Le manque de toi me gardait éveillé la nuit et enflammait tous mes diables intérieurs. C'est pour continuer à vivre quelque chose avec toi que j'eus l'idée de t'envoyer le texte de *La Fille dans le Labyrinthe*. Comme un cadeau, comme la demande d'un pardon.

Mais pour que l'aventure soit belle, il fallait qu'elle soit crédible, et je savais que tu ne serais pas facile à berner. J'échafaudai mille scénarios, aucun ne me paraissait viable. Le déclic se produisit à l'heure du goûter, dans la file d'attente d'une boulangerie près de la place de la Contrescarpe. Les clientes devant moi parlaient du corps d'un homme qu'on avait retrouvé plusieurs mois après son décès dans son appartement de la rue Lhomond. Je me renseignai patiemment sur ce fait divers. Andersen était un homme isolé, malade, sans héritier ni relations sociales. Un ancien petit prof, terne et solitaire, qui avait habité le monde mais sans y laisser beaucoup de traces. L'homme parfait pour incarner un écrivain mort dans l'anonymat.

Comme si j'étais en train de bâtir l'intrigue d'un roman, je mis au point un ambitieux coup de billard à plusieurs bandes. L'immeuble de la rue Lhomond était géré par l'OPAC, l'Office public de l'habitat de la Ville de Paris. Ce qui signifiait non seulement que l'appartement n'allait pas rester libre longtemps, mais aussi que les affaires d'Andersen, stockées dans un box du garage, n'allaient pas y demeurer indéfiniment. Je fis sauter le cadenas posé par l'office HLM et, pour crédibiliser la version d'un Andersen parfaitement bilingue, je semai quelques faux indices sous forme de magazines américains et de romans écrits en anglais. Je laissai aussi la machine à écrire sur laquelle j'avais tapé mes textes et les deux manuscrits de *The Nash Equilibrium* et *The End of Feelings*. Enfin, je posai sur la porte un nouveau cadenas - assez épais pour ne pas trop te faciliter la tâche - et je passai à la deuxième étape de mon plan.

J'étais quelquefois venu t'attendre rue de Seine. Je savais où était ton bureau. Je connaissais les sentiments ambivalents que tu nourrissais envers le milieu de l'édition.

Pour pénétrer dans l'immeuble, j'acceptai un rendez-vous avec le patron de la maison. C'était facile : sur le plan professionnel, je vivais mes grandes années et à cette époque, tous les éditeurs nourrissaient l'espoir de débaucher l'« auteur préféré des Français ». Je fis durer la rencontre jusqu'à 13 h 15, et lorsqu'on me raccompagna à l'ascenseur, je montai au dernier étage au lieu de redescendre dans le hall. À cette heure-là, le couloir était vide. Tu étais en pause-déjeuner et ton bureau n'était pas fermé à clé : les voleurs piquent rarement des manuscrits… Je plaçai mon enveloppe kraft derrière une armoire basse en la positionnant de telle façon qu'elle dépasse et penche.

J'avais mis en place tous les éléments. À présent, Fantine, c'était à toi de jouer.

Fantine

Mes parents, mes amis, mes grands-mères, Nico le nigaud : j'empruntai de l'argent à tout le monde pour monter ma maison d'édition. Quelques euros par-ci, quelques euros par-là. Je cassai mon plan d'épargne logement, liquidai mon assurance vie et contractai un emprunt. Tout le monde me prenait pour une cinglée et tenait déjà la chronique de mon échec annoncé. Les livres ne changent pas le monde, mais *La Fille dans le Labyrinthe* avait changé ma vie. Grâce à ce roman, j'étais devenue une autre femme, plus confiante, plus déterminée. Et cette flamme nouvelle, je la devais aussi à mon double : Flora Conway. Le personnage que j'avais créé pour porter le texte de Frederik Andersen. Je l'avais façonnée selon mes désirs. Flora Conway, c'était la romancière dont j'aurais voulu lire les livres. Loin de l'entre-soi putride de Saint-Germain-des-Prés et des relations incestueuses de l'oligarchie des lettres, je lui avais inventé une enfance au pays de Galles, une jeunesse punk à New York, un passé de serveuse au Labyrinthe, un loft à Brooklyn avec une vue sur l'Hudson.

Flora, c'était ma définition de la liberté : un esprit affranchi qui ne faisait pas le tapin pour vendre ses livres, qui snobait les médias, qui, en substance, disait aux journalistes d'aller se faire foutre. Une femme qui n'avait peur de rien, qui couchait avec qui elle voulait quand elle le voulait, qui ne flattait pas les bas instincts de ses lecteurs, mais leur intelligence, qui ne cachait pas son mépris pour les prix littéraires, mais en obtenait quand même. Ainsi est née Flora, par petites touches, tandis que je traduisais ses textes en français et plus tard, au fil de ses succès littéraires, au fur et à mesure que je m'asseyais à mon tour derrière mon clavier pour répondre par mail aux demandes d'interview. Quand il avait fallu trouver un visage à Flora, j'avais choisi un cliché de jeunesse de ma grand-mère. Une photo envoûtante sur laquelle elle me ressemble. Flora est dans ma tête et dans mon ADN. Flora Conway, c'est moi.

Moi en mieux.

Romain

De : Romain Ozorski
À : Fantine de Vilatte
Objet : La vérité sur Flora Conway

[...] Je dois reconnaître que tu m'as épaté. Vraiment. J'avais écrit ces textes dans la joie et même parfois une forme d'euphorie, ce qui ne m'était plus arrivé depuis longtemps. Lorsque j'étais ce double, la magie de l'écriture opérait à nouveau.

J'ai entendu parler pour la première fois de Flora Conway quand les éditeurs du monde entier se sont enthousiasmés pour son roman lors de la foire de Francfort. Tout le milieu bruissait du fait que tu avais monté une maison d'édition sur mesure pour cette nouvelle venue. J'ai admiré ton sens commercial, qui t'avait fait changer le prof un peu falot que je t'avais imposé en une mystérieuse romancière passée par un bar de New York.

Au début, j'ai vraiment jubilé. D'un seul coup, une carrière nouvelle commençait. Mon travail était enfin débarrassé des étiquettes. Je vivais cet accueil comme une renaissance, un nouveau carburant dans ma vie de créateur. C'était comme de retomber amoureux ! Je goûtais les incongruités de certaines situations. Dans une émission littéraire, le même critique tour à tour dézingua mon dernier livre et encensa celui de Flora. Quelques semaines plus tard, un quotidien me demanda d'écrire une chronique de *La Fille dans le Labyrinthe*. À contre-courant de tout ce qui se disait, j'émis un avis négatif et tout le monde m'accusa bien entendu d'être jaloux ! Au début, donc, j'ai été heureux de ce bon coup, mais le plaisir n'a pas duré. D'abord, je n'avais personne avec qui le partager. Et puis, si les textes de Flora Conway étaient les miens, son personnage était ta création. Je n'étais pas le seul à tirer les ficelles. Et, pour être honnête, je ne tirais même plus rien du tout.

Au fil des années, Flora Conway a donc fini par m'échapper complètement et par m'agacer. Chaque fois qu'on me parlait d'elle, chaque fois que je lisais un article sur elle ou qu'on chantait ses louanges en ma présence, j'éprouvais une frustration qui, avec le temps, se changea en colère. Que de fois j'ai voulu révéler mon secret et crier à la terre entière : « Mais bande d'abrutis, Flora Conway c'est moi ! »

Mais j'ai tenu bon dans ce combat quotidien contre la vanité.

À l'un des moments les plus douloureux de ma vie, pendant l'automne et l'hiver 2010, lorsque mon ex-femme a tenté de me retirer la garde de mon fils et que je me suis senti isolé et abandonné de tous, j'ai voulu te révéler le fin mot de l'histoire. Rien qu'à toi. Comme je ne savais pas très bien comment renouer avec toi, je me suis lancé dans la seule chose que je sache faire : j'ai essayé de te raconter la vérité à travers un roman. Un roman qui mettrait en scène Flora Conway et Romain Ozorski. La créature et son créateur, le personnage se rebellant contre « son » écrivain. Un roman dont tu serais l'unique lectrice. Ce roman, je l'ai bel et bien commencé, cet hiver-là, mais je ne suis jamais parvenu à le terminer.

Parce que Flora n'est pas un personnage facile.

Parce que j'ai fait une promesse et n'ai plus jamais écrit une ligne.

Et peut-être aussi parce que cette histoire ne peut connaître son épilogue que dans la vie réelle. Car, comme le dit cette phrase de Miller que tu aimais tant citer : « À quoi servent les livres s'ils ne nous ramènent pas vers la vie, s'ils ne parviennent pas à nous y faire boire avec plus d'avidité ? »

Centre hospitalier de Bastia
Service de cardiologie – Chambre 308
22 juin 2022

Professeure Claire Giuliani *(entrant dans la pièce)* : Où croyez-vous aller comme ça ?
Romain Ozorski *(bouclant son sac)* : Où je le jugerai bon.
Claire Giuliani : Ce n'est pas raisonnable, recouchez-vous immédiatement !
Romain Ozorski : Non, je me casse.
Claire Giuliani : Arrêtez votre cinéma, on dirait mon fils de huit ans.
Romain Ozorski : Je ne veux pas rester une seconde de plus ici. Ça pue la mort.
Claire Giuliani : Vous faisiez moins le malin lorsqu'on vous a amené sur une civière avec les artères bouchées.
Romain Ozorski : Je n'ai demandé à personne de me ranimer.

Claire Giuliani *(s'interposant devant l'armoire pour empêcher Romain de récupérer son blouson)* : Quand je vous vois comme ça, je me dis que j'aurais dû me poser plus de questions, en effet.
Romain Ozorski : Poussez-vous !
Claire Giuliani : Je fais ce que je veux. Je suis chez moi !
Romain Ozorski : Non, vous êtes chez *moi*. Ce sont *mes* impôts qui assurent votre salaire et qui ont permis de construire cet hôpital !
Claire Giuliani *(s'écartant)* : En lisant vos livres, on s'imagine que vous êtes sympa, mais en fait vous êtes un vieux con méprisant.
Romain Ozorski *(enfilant son blouson)* : Toutes vos amabilités étant dites, je me barre.
Claire Giuliani *(essayant de l'amadouer)* : Pas avant de m'avoir dédicacé votre livre. Que je ne vous aie pas sauvé la vie pour rien, au moins.
Romain Ozorski *(gribouillant une page dans le roman que lui a tendu le médecin)* : Voilà, vous êtes contente ?
Claire Giuliani : Sérieusement, où avez-vous l'intention d'aller ?

Romain Ozorski : Là où personne ne me cassera les couilles.
Claire Giuliani : Très élégant. Vous savez que, sans suivi médical, vous allez mourir.
Romain Ozorski : Au moins, je serai libre.
Claire Giuliani *(en haussant les épaules)* : Quel intérêt d'être libre si on est mort ?
Romain Ozorski : Quel intérêt de vivre en étant prisonnier ?
Claire Giuliani : Nous n'avons pas la même définition de la prison.
Romain Ozorski : Au revoir, docteur.
Claire Giuliani : Attendez encore cinq minutes. Bien que ce ne soit pas l'heure des visites, il y a quelqu'un qui voudrait vous voir.
Romain Ozorski : Une visite ? À part mon fils, je ne veux voir personne.
Claire Giuliani : Votre fils, votre fils, vous n'avez que ce mot à la bouche. Laissez-le vivre un peu ! **Romain Ozorski** *(pressé de partir)* : Qui veut me voir ?
Claire Giuliani : Une femme. Elle s'appelle Fantine. Elle dit qu'elle vous connaît bien. Bon, vous voulez que je la fasse monter, oui ou merde ?

La dernière fois que j'ai vu Flora

par Romain Ozorski

1.

Un an plus tard

Lac de Côme, Italie

La salle à manger de l'hôtel donnait l'impression de plonger directement dans le lac. Entre voûte en vieilles pierres, mobilier en bois clair et grandes baies vitrées, le minimalisme de l'endroit contrastait avec celui des grandes bâtisses néoclassiques des alentours.

À sept heures du matin, le soleil n'était pas encore levé. Les tables étaient dressées, attendant leurs hôtes dans le silence qui précède la bataille.

Je grimpai sur un tabouret pour m'installer au bar. Je me frottai les yeux pour dissiper ma fatigue tandis que derrière le comptoir les reflets bleutés de la surface du lac dansaient sur les grandes dalles de *ceppo di gre*. Je commandai un café à un barman en smoking blanc qui me servit une petite tasse de nectar corsé et velouté recouvert d'une mousse fine.

Depuis mon poste d'observation, j'avais l'impression d'être à la proue d'un navire. L'endroit idéal pour regarder le monde s'éveiller. C'était l'heure des derniers ajustements : celle du poolboy qui terminait le nettoyage de la piscine, du jardinier qui arrosait les bacs à fleurs et du pilote qui lustrait le Riva de l'établissement amarré au ponton.

— *Signore, vuole un altro ristretto ?*

— *Volentieri, grazie.*

Sur le comptoir en noyer, un iPad permettait de feuilleter le journal numérique quotidien, mais ça faisait déjà longtemps que j'étais devenu imperméable aux douleurs du monde.

Depuis un an pourtant, la vie avait pris le dessus. J'avais même parfois l'impression d'en avoir retrouvé le fil après une simple parenthèse vide de toute présence et de toute préoccupation hors le bonheur de Théo. L'existence reprend souvent des couleurs lorsqu'elle est partagée. Fantine était revenue à mes côtés et moi aux siens. J'avais quitté la Corse sans vraiment de regrets et nous avions réinvesti la maison près du jardin du Luxembourg, qui ressemblait enfin à ce que j'avais espéré d'elle. Théo, désormais en deuxième année de médecine, nous y rejoignait assez souvent. Le terrible hiver 2010 était bien loin. Avec près de dix-huit ans de retard, Flora Conway, ma créature – notre création commune, protesterait Fantine –, nous avait réunis.

Malgré la beauté du lieu et des paysages, notre week-end en amoureux au pied des Alpes italiennes n'avait pas bien commencé. Je m'étais réveillé en sueur à deux heures du matin, le bras ankylosé, le cœur comprimé. Je m'étais aspergé le visage, avais pris un cachet et mon pouls s'était progressivement ralenti, mais je n'étais pas parvenu à me rendormir. Ces insomnies étaient de plus en plus fréquentes. Il ne s'agissait pas réellement de cauchemars, mais plutôt de questions lancinantes qui revenaient me tarauder puissamment. Et l'une d'entre elles était : qu'est devenue Flora ?

Pendant des années je l'avais laissée pour morte, mais l'était-elle vraiment ? Avait-elle saisi la main tendue de l'homme-lapin pour se précipiter dans le vide avec lui ? Ou s'était-elle défaite de son emprise à la dernière seconde ?

Flora Conway, c'est moi…

Jamais je n'en avais démordu. Mais qu'aurais-je fait justement à sa place ? Flora et moi sommes de faux faibles. C'est-à-dire, des vrais durs. Oui, voilà ce que nous savons faire le mieux : *endurer*. Lorsqu'on nous croit noyés, nous allons chercher en nous la force de donner le coup de talon qui nous ramènera à la surface. Même terrassés sur le champ de bataille, nous avons toujours placé nos pions pour qu'*in extremis* quelqu'un vienne nous relever. C'est en nous, les romanciers. Parce que écrire de la fiction, c'est se rebeller contre la fatalité de la réalité.

Fanfaronnade ? Vaines paroles ? Certes, il y a bien longtemps que j'avais cessé d'écrire, mais ne plus écrire ne signifie pas ne plus être écrivain. Et à bien y réfléchir, je ne voyais qu'un moyen de savoir ce qui était arrivé à Flora. C'était de l'écrire.

Je déverrouillai la tablette posée devant moi et vérifiai qu'elle était bien équipée d'un traitement de texte. Ce n'était pas mon support d'écriture préféré, mais ça ferait l'affaire. Il serait faux de dire que je n'avais pas peur.

Depuis plus de dix ans, j'avais respecté scrupuleusement ma promesse de ne plus écrire faite un soir glacial de janvier dans une église russe, et les dieux n'aiment pas qu'on revienne sur nos promesses. Mais ce que j'avais en tête constituait un minuscule coup de canif au contrat. À peine une incartade. Je souhaitais seulement prendre des nouvelles d'un de mes personnages. Je commandai un troisième café et lançai le logiciel. Ça faisait du bien de sentir à nouveau ce petit frisson qui vous remontait dans le dos avant de sauter dans l'inconnu.

Hai voluto la bicicletta ? E adesso pedala !

`Les odeurs, d'abord. Celles qui font naître des images. Des odeurs lointaines d'enfance et de vacances. Celle de la crème solaire parfumée au…`

2.

Les odeurs, d'abord. Celles qui font naître des images. Des odeurs lointaines d'enfance et de vacances. Celle de la crème solaire parfumée au monoï, celles nostalgiques de la barbe à papa, des gaufres et des pommes d'amour. Celles graisseuses mais addictives des *onion rings*, de la *sausage pizza*. Chacun sa madeleine, son Combray, sa tante Léonie. Puis le cri des mouettes, les exclamations des enfants, les vagues, le ressac, la musique populaire des kermesses.

Je marche sur la promenade en bois d'une petite station balnéaire qui s'étire le long de l'océan. Un ponton, une plage de sable blanc et, au loin, la silhouette d'une grande roue et les flonflons entêtants d'une fête foraine. Les panneaux publicitaires le long du *boardwalk* ne laissent pas de place au doute : j'ai atterri à… Seaside Heights dans le New Jersey.

Il fait doux, le soleil qui descend à l'horizon va bientôt s'éclipser, mais les gens s'attardent sur le sable. Je descends vers la plage. Un gamin me fait penser à Théo lorsqu'il était petit. Une enfant qui s'amuse avec lui m'évoque la fille que j'aurais voulu avoir et que je n'aurai jamais. L'ambiance est bon enfant, un peu atemporelle, ça joue au volley, aux raquettes, ça mange des hot-dogs, ça bronze en écoutant Springsteen ou Billy Joel.

Certains corps débordent des maillots de bain, dans la souffrance, la culpabilité ou l'indifférence. D'autres attirent les regards. Moi, je détaille les visages, espérant apercevoir Flora, mais j'ai beau chercher, je ne la trouve pas. Il reste quelques lecteurs parmi la foule. Machinalement, je scrute les noms sur les couvertures des bouquins : Stephen King, John Grisham, J.K. Rowling… Les mêmes qui tiennent le haut du pavé depuis des décennies. Sans que je sache bien pourquoi, une couverture colorée attire mon attention. Je fais quelques pas sur le sable pour me rapprocher du matelas pneumatique sur lequel est posé le livre.

Life After Life par Flora Conway.

— Je peux vous emprunter votre roman quelques instants ?

— Oui, bien sûr ! me répond la lectrice, une mère de famille en train de rhabiller son bébé. Prenez-le, je l'ai fini. C'était très sympa, même si je ne suis pas sûre d'avoir bien compris la fin.

Je regarde l'illustration. Dans un New York stylisé et automnal, une jeune femme aux cheveux roux, les jambes dans le vide, s'agrippe à la tranche d'un livre gigantesque. Je retourne l'ouvrage pour en parcourir le résumé :

Parfois, mieux vaut ne pas savoir…

« Pris de panique, je refermai l'écran de mon ordinateur d'un claquement brusque. Assis sur ma chaise, le front brûlant, j'étais parcouru de frissons. Mes yeux piquaient et une douleur aiguë me paralysait l'épaule et le cou. Bordel, c'était la première fois qu'un de mes personnages m'interpellait directement au cours de l'écriture d'un roman ! »

Ainsi débute le récit du romancier parisien Romain Ozorski. En pleine débâcle sentimentale et familiale et alors qu'il écrit les premiers chapitres de son nouveau roman, une de ses héroïnes fait irruption dans sa vie. Elle s'appelle Flora Conway. Sa fille a disparu six mois auparavant. Et Flora vient de comprendre que quelqu'un tire les ficelles de son existence, qu'elle est la proie d'un manipulateur, d'un écrivain qui broie son cœur et sa vie sans pitié.

Alors, Flora se rebelle. Commence entre eux un dangereux face-à-face.

Mais qui est vraiment l'écrivain et qui est le personnage ?

Romancière célébrée, prix Kafka pour l'ensemble de son œuvre, Flora Conway a perdu sa petite fille de trois ans dans un tragique accident. Dans ce roman bouleversant, elle nous livre à la fois un témoignage à nul autre pareil sur le deuil et une ode aux pouvoirs rédempteurs de l'écriture.

Je reste un moment abasourdi en découvrant que si, dans ma réalité, Flora est un personnage de mon roman, dans la sienne, c'est moi qui joue ce rôle et qui suis sa marionnette.

La réalité... La fiction... Toute ma vie j'avais trouvé la frontière très incertaine entre les deux. Rien n'est plus proche du vrai que le faux. Et personne ne se trompe plus que ceux qui s'imaginent ne vivre que dans la réalité, car à partir du moment où les hommes considèrent certaines situations comme réelles, elles *deviennent réelles* dans leurs conséquences.

3.

Je remonte l'escalier pour regagner la promenade en bois qui longe la plage. La fête foraine m'attire comme un aimant. Les odeurs émanant des baraques à frites me torturent, la terrible sensation de faim qui accompagne mes visites à Flora s'empare de moi. Je longe les stands de boutiques de souvenirs et des marchands de glaces en cherchant où acheter un hot-dog, et au moment où je m'y attends le moins, j'aperçois Mark

Rutelli. Attablé à la terrasse d'un restau de plage, il termine son expresso en regardant la mer. L'ancien flic est méconnaissable, comme si le temps s'était écoulé à rebours : silhouette svelte, visage glabre, regard apaisé, tenue sportive.

Alors que je m'apprête à le rejoindre, quelqu'un l'interpelle :

— Regarde ce que j'ai gagné, papa !

Je me retourne vers la voix d'enfant. Une blondinette de sept ou huit ans portant une peluche géante revient en courant du stand de tir. Mon cœur se serre en apercevant Flora Conway qui marche derrière elle.

— Bravo Sarah ! lance Rutelli en attrapant sa fille avant de la soulever pour la mettre sur ses épaules.

Bien sûr, ce n'est pas Carrie. Bien sûr, personne ne remplacera jamais Carrie, mais en les voyant tous les trois quitter la terrasse, j'éprouve une joie profonde. Ces deux cabossés ont été comme moi rattrapés par la vie. Au point de la donner à un enfant.

Alors qu'elle avance sur le *boardwalk* et que le soleil tire ses derniers rayons, Flora se retourne vers moi. L'espace d'un instant, nos regards se croisent et un élan de gratitude nous parcourt tous les deux.

Puis je claque des doigts et je disparais dans l'air du soir.

Tel un magicien.

Samedi 10 juin, 9 h 30 du matin

Roman terminé.
Je rentre dans la vie.

Georges Simenon,
Quand j'étais vieux

RÉFÉRENCES

Pages 9 et 337 : Georges Simenon, *Quand j'étais vieux*, Presses de la Cité, 1970 ; page 19 : Julian Barnes, *Une fille qui danse*, Mercure de France, 2013 ; page 36 : « L'écrivain écrit ce qu'il peut, le lecteur lit ce qu'il veut », Alberto Manguel citant Borges dans *Le Soleil*, 9 octobre 2010 ; page 43 : Jonathan Coe, interview, *Le Monde*, 2 août 2019 ; page 58 : Anaïs Nin, *Journal*, Stock, 1969 ; page 61 : Ray Bradbury, *Le Zen dans l'art de l'écriture*, Antigone14 Éditions, 2016 ; page 64 : sur le rôle de la littérature, voir Alexandre Gefen, *Réparer le monde : la littérature française face au* XXIe *siècle*, José Corti, 2017 ; page 65 : Oscar Wilde, *Le Portrait de Dorian Gray*, A. Savine, 1895 ; page 66 : « Écrire, c'est comme s'enfoncer au deuxième sous-sol sombre de l'âme », Haruki Murakami, discours de l'université de Kyoto,

6 mai 2013 ; page 77 : Virginia Woolf, Vita Sackville-West, *Correspondance*, Stock, 1985 ; page 79 : « You are at once both the quiet and the confusion of my heart », Franz Kafka, *Lettres à Felice* ; page 85 : Elfriede Jelinek, *Les Exclus*, J. Chambon, 1989 ; page 95 : Sir Arthur Conan Doyle, *Le Signe des 4*, Le Livre de Poche, 2015 ; page 98 : Jorge Luis Borges, *Fictions*, Gallimard, 1951 ; page 105 : Haruki Murakami, *Profession romancier*, Belfond, 2019 ; pages 107 et 225 : María Luisa Blanco, António Lobo Antunes, *Conversations avec António Lobo Antunes*, Christian Bourgois, 2004 ; page 107 : Gustave Flaubert, « Un livre est pour moi une manière spéciale de vivre », lettre à Mademoiselle Leroyer de Chantepie, décembre 1859 ; page 109 : *Jean Giono, Jean Carrière*, entretiens, La Manufacture, 1991 ; page 122, Paul Fort, « Complainte du petit cheval blanc », *Ballades françaises*, 1910 et Jacques Prévert, « Chanson des escargots qui vont à l'enterrement », *Paroles*, 1946 ; page 127 : Milan Kundera, *La vie est ailleurs*, Gallimard, 1973 ; page 141 : Stephen King, interview, *PlayBoy*, 1983 ; page 143 : Mary Shelley, *Frankenstein*, Marabout, 2009 ; page 145 : Joan Didion, « Why I Write », *New York Times Book Review*, 5 décembre 1976 ; page 152 : André Malraux, *Les Noyers de l'Altenburg*,

Gallimard, 1948 ; pages 160-161 : Vladimir Nabokov, *Intransigeances*, Julliard, 1986 ; page 165 : Philip Roth, *Pastorale américaine*, Gallimard, 1999 ; page 190 : Arthur Rimbaud, « Voyelles », 1871 ; page 191 : John Irving, *Le Monde selon Garp*, Éditions du Seuil, 1980 ; page 217 : Sigmund Freud, *Malaise dans la civilisation*, Denoël et Steele, 1934 ; page 239 : Søren Kierkegaard, *Crainte et tremblement*, Fernand Aubier, 1935 ; page 241 : Albert Cohen, *Le Livre de ma mère*, Gallimard, 1954 ; page 259 : Marcel Pagnol, *La Gloire de mon père*, Pastorelly, 1957 ; pages 263-264 : « Il faut choisir : vivre ou raconter », Jean-Paul Sartre, *La Nausée*, Gallimard, 1938 ; page 269 : Romain Gary, *Vie et mort d'Émile Ajar*, Gallimard, 1981 ; page 291 : William Shakespeare, *Macbeth*, 1623 ; page 293 : Rimbaud, *Lettres du voyant*, Minard 1975 ; page 304 : Henri Bergson, *Le Rire*, F. Alcan, 1900 ; pages 318-319 : Henry Miller, « Lire ou ne pas lire », *Esprit*, 1960 ; page 333 : sur la perception de la réalité, voir le « théorème de Thomas », formulé par R. K. Merton, dans *Éléments de théorie et Méthode sociologique*.

Autres auteurs, artistes et œuvres évoqués

Roberto Bolaño ; Albert Camus, *L'Été* ; Colette ; Pat Conroy ; Marguerite Duras ; Jean Echenoz ;

George Eliot ; Zelda Fitzgerald ; Edward Hopper ; Victor Hugo, « Demain, dès l'aube… », 1856 et discours devant l'Assemblée nationale, 1851 ; John Irving ; Frantz Kafka ; Stephen King, *Misery* ; Michiko Kakutani ; Claude Lalanne ; Katherine Mansfield ; Henry de Montherlant ; Vladimir Nabokov ; Luigi Pirandello ; Marcel Proust ; Mary Shelley, *Frankenstein ou le Prométhée moderne* ; Pierre Soulages ; William Styron, *Face aux ténèbres*, 1951 ; Mario Vargas Llosa.
Films : *Le Magnifique ; À bout de souffle*.

Table

La romancière galloise Flora Conway… 11

LA FILLE DANS LE LABYRINTHE

1. Cachée.. 19
   Extrait de l'interrogatoire
   de Mme Flora Conway........................... 33
2. Un tissu de mensonges.......................... 43
3. Le trente-sixième sous-sol..................... 61
4. Le fusil de Tchekhov............................. 85

UN PERSONNAGE DE ROMA(I)N

5. La concordance des temps..................... 105
6. Un piège tendu au héros 127

7. Un personnage en quête d'auteur.......... 145
8. Almine.. 165
9. Le fil de l'histoire.................................... 191
10. L'empire de la douleur........................ 217
À la lumière du jour.......................... 231
AP, 13 avril 2010.............................. 235
11. La liturgie des heures 239
Le Monde, 16 janvier 2011................. 249

LA TROISIÈME FACE DU MIROIR

12. Théo.. 259
Corse Matin, 20 juin 2022................... 267
13. La gloire de mon père 269
Le Journal du dimanche, 7 avril 2019... 285
14. L'amour qui nous poursuit 291
Centre hospitalier de Bastia,
22 juin 2022 321

La dernière fois que j'ai vu Flora................ 325

Références... 339

Du même auteur :

SKIDAMARINK, Anne Carrière, 2001.
ET APRÈS…, XO Éditions, 2004, Pocket, 2005.
SAUVE-MOI, XO Éditions, 2005, Pocket, 2006.
SERAS-TU LÀ ?, XO Éditions, 2006, Pocket, 2007.
PARCE QUE JE T'AIME, XO Éditions, 2007, Pocket, 2008.
JE REVIENS TE CHERCHER, XO Éditions, 2008, Pocket, 2009.
QUE SERAIS-JE SANS TOI ?, XO Éditions, 2009, Pocket, 2010.
LA FILLE DE PAPIER, XO Éditions, 2010, Pocket, 2011.
L'APPEL DE L'ANGE, XO Éditions, 2011, Pocket, 2012.
SEPT ANS APRÈS…, XO Éditions, 2012, Pocket, 2013.
DEMAIN…, XO Éditions, 2013, Pocket, 2014.
CENTRAL PARK, XO Éditions, 2014, Pocket, 2015.
L'INSTANT PRÉSENT, XO Éditions, 2015, Pocket, 2016.
LA FILLE DE BROOKLYN, XO Éditions, 2016, Pocket, 2017.
UN APPARTEMENT À PARIS, XO Éditions, 2017, Pocket, 2018.

LA JEUNE FILLE ET LA NUIT, Calmann-Lévy, 2018, Le Livre de Poche, 2019.

LA VIE SECRÈTE DES ÉCRIVAINS, Calmann-Lévy, 2019, Le Livre de Poche, 2020

SKIDAMARINK, Calmann-Lévy, 2020.

L'INCONNUE DE LA SEINE, Calmann-Lévy, 2021.

Guillaume MUSSO au Livre de Poche

Le Livre de Poche

La Jeune Fille et la Nuit n° 35531

Un campus prestigieux figé
sous la neige
Trois amis liés par un secret tragique
Une jeune fille emportée par la nuit

Côte d'Azur – Hiver 1992
Une nuit glaciale, alors que le campus de son lycée est paralysé par une tempête de neige, Vinca Rockwell, 19 ans, s'enfuit avec son professeur de philo avec qui elle entretenait une relation secrète. Personne ne la reverra jamais.

Côte d'Azur – Printemps 2017
Autrefois inséparables, Fanny, Thomas et Maxime – les meilleurs amis de Vinca – ne se sont plus parlé depuis la fin de leurs études. Ils se retrouvent lors d'une réunion d'anciens élèves. Vingt-cinq ans plus tôt, ils ont emmuré un cadavre dans le gymnase du lycée. Celui que l'on doit entièrement détruire aujourd'hui pour construire un autre bâtiment.

Dès lors, plus rien ne s'oppose à ce qu'éclate la vérité.
Dérangeante. Douloureuse. Démoniaque…

« C'est un événement. Un livre formidable. »

Patrick Simonin, TV5 Monde

« Un thriller stupéfiant digne de *Twin Peaks*. »

Riccardo De Palo, *Il Messaggero*

« Une folle histoire d'amour. »

VanityFair.fr

« Magistralement construit ! Jamais Guillaume Musso n'a creusé aussi bien ses personnages, ne leur a donné autant de profondeur psychologique. »

Bernard Lehut, RTL

« Un "campus novel" au pays de Pagnol. »

Marianne Payot, *L'Express*

« L'écriture est toujours aussi fluide, incisive, haletante. L'histoire nous emporte en sortant des sentiers balisés de la morale à travers un personnage central ambigu. »

Bernard Thomasson, France Info

« Un "cold case" vengeur [...] un polar divertissant et habilement mené. »

Sophie Pujas, *Le Point*

« Un suspense en béton. [Guillaume Musso] se recentre sur une forme plus classique et proche des maîtres du polar qui l'ont nourri, Patricia Highsmith en tête. »

Pierre Vavasseur, *Le Parisien*

« Ouvrir le nouveau Musso, c'est l'assurance de ne pas fermer l'œil de la nuit. »

Amélie Cordonnier, *Femme actuelle*

La Vie secrète des écrivains n° 35845

« Tout le monde a trois vies : une vie privée, une vie publique et une vie secrète… »

Gabriel García Márquez

Après avoir publié trois romans devenus cultes, le célèbre écrivain Nathan Fawles annonce qu'il arrête d'écrire et se retire à Beaumont, une île sauvage et sublime au large des côtes de la Méditerranée.

Vingt ans après, alors que ses romans continuent de captiver les lecteurs, Mathilde Monney, une jeune journaliste, débarque sur l'île, bien décidée à percer son secret. Commence entre eux un dangereux face-à-face, où se heurtent vérités et mensonges, où se frôlent l'amour et la peur…

Une lecture inoubliable, un puzzle littéraire fascinant qui se révèle diabolique lorsque l'auteur y place sa dernière pièce.

« Passionnant ! »

François Busnel, La Grande Librairie

« Une histoire comme vous n'en avez jamais lu. »

Arnold Derek, France Bleu

« Guillaume Musso prend plaisir à jouer avec nos nerfs, et nous, on adore ça ! »

Sandrine Bajos, *Le Parisien*

« Un huis clos implacable et imprévisible. »

Version Femina

« Une intrigue de haute volée, un thriller haletant. »

Bernard Lehut, RTL

« Un thriller fascinant et jubilatoire. »

Patrick Simonin, TV5 Monde

« Le roman est une célébration du plaisir de lire. »

Ilana Moryoussef, France Inter

« Le nouveau Musso n'est pas simplement un thriller élégant, c'est aussi un étonnant jeu de l'oie littéraire. »

Didier Jacob, *L'Obs*

« Un thriller à la mise en abyme vertigineuse. Le roman le plus personnel et le plus abouti de l'auteur. »

Alain Jean-Robert, AFP

« Un magnifique hommage à la littérature. Un livre qui donne envie de lire. »

Stanislas Rigot, librairie Lamartine, LCI

« Guillaume Musso est un raconteur d'histoires incroyable. Une pure réussite. »

Gérard Collard, librairie La Griffe noire, dans
Le Magazine de la santé, France 5

« Si vous n'avez jamais lu Guillaume Musso, lancez-vous sans hésiter, et si vous l'avez déjà lu, continuez sans hésiter ! »

Nathalie Iris, librairie Mots en marge

PAPIER À BASE DE FIBRES CERTIFIÉES

Le Livre de Poche s'engage pour l'environnement en réduisant l'empreinte carbone de ses livres. Celle de cet exemplaire est de :
500 g éq. CO_2
Rendez-vous sur www.livredepoche-durable.fr

Composition réalisée par PCA

Achevé d'imprimer en octobre 2021 en Italie par
LEGO
Dépôt légal 1re publication : novembre 2021
LIBRAIRIE GÉNÉRALE FRANÇAISE
21, rue du Montparnasse – 75298 Paris Cedex 06

80/3395/7